箑边珍拓

名家竹刻扇骨拓片集

许勇翔 编著

上海书画出版社

自序

许勇翔

竹刻艺术是我国历史文化遗存中的一部分，虽然发现有很早的资料，但是真正能谈及艺术的，应该是距今四五百年前的明代中叶以后，其中尤以嘉定派竹刻最具生命力。在箑边镌刻各种金石文字、人物山水，作为竹刻的一个分支，也是很有艺术价值的一种刻竹品类。

一九六〇年中国文化部发布了《文物出口鉴定参考标准》，在这项规定中将名家竹刻扇骨（包括地区名家）核定为一九一一年以前的一律不出口。但是哪些是名家，哪些是地区名家，没有具体的名单细则，因此需要根据实际的出境鉴定工作的情况加以判断和鉴别。上海地处中国文物艺术品出境的重要口岸，又是江浙竹刻名家辈出的地区，上海的文物出境鉴定部门认真执行这一规定，将认为是名家（包括地区名家）的刻竹扇骨予以禁止出境。通过此书收录的自清代乾隆以后直至近现代的刻竹名家的扇骨墨拓本，可以看出这项工作的仔细程度。现在，收录其中的扇骨有的已经在公立博物馆的收藏中，有的则已经成为收藏爱好者的囊中心爱之物。

随着经济的进一步发展，国内有能力的收藏爱好者也越来越多了，名家刻竹已经成为人们心中的猎物，也必将成为一项独立的收藏品类。

此墨拓集可能会在收藏界起到一定的推波助澜的作用，对竹刻扇骨艺术的研究和推广也一定会是非常难得的珍贵资料。

箑边风景许公传

施远 上海博物馆工艺研究部主任、研究馆员

许勇翔先生是我十分尊敬的文博老前辈，因此我也跟着上海文博界许多前辈一起，称其为『许公』，庶几显得自己也有几分老成。『敬老尊贤』这一中华民族传统美德，至少在文博界，或者说至少在上海的文博界，还是原汁原味地保存了不少的。值许公著作将刊，承其厚爱，嘱我写文，说书中所收皆是我的本行，自然不敢违命。

许公于一九七三年参加上海口岸文物进出境鉴定工作，一九九〇年被聘为国家文物鉴定委员会委员，直至二〇〇八年从上海市文物管理委员会流散文物管理处处长的位置上正式退休，其间从未停止文物拓件，长达三十五年之久。由是积存了非常可观的拓稿，数量多达数千纸，所拓文物品类亦多，其中以玉石、铜镜、扇骨三类最具规模而成系统，最先整理结集的，便是这部《箑边珍拓——名家竹刻扇骨拓片集》。

本书既以扇骨为主题，自然不免要介绍一下相关知识，这也是许公命文的要求之一。想到此书的读者若非文博界的专家学者，便是收藏圈的行家达人，笔者不敢啰嗦，仅就关节处略作陈述。

折扇源出日本，北宋传入中国，颇受士庶欢迎，其后即多有仿制，至晚于明初实现了完全的中国化，在造型、工艺和装饰手法上都不同于日本和高丽了。整个明清时期折扇都十分流行，其风气一直延续到二十世纪上半叶，其间存在两个特别鼎盛的阶段。

第一个阶段是从明代中叶的成化、弘治年间开始，直到明亡。这一时期折扇艺术的特点突出体现在制扇工艺的成就上，凡选材、用料、款式、做工都极其讲究，尤其重视各种工艺的综合运用与工艺各环节的微妙之处。当时对佳扇的赞许，

有『浑坚精致』『厚薄轻重称量，无毫发差爽，光滑可鉴』『阖辟信手』『用之则开，舍之则藏，不劳腕力』等等说法，可知当时对折扇的品赏聚焦于制作工艺的精良。需要着重指出的是，折扇工艺是包括扇骨与扇面制作在内的，二者合成为一个整体，并不仅就扇骨之工而言。故此，名扇工柳玉台才特别提出『吾妙在用胶』。扇骨扇面相互适应、相互配合，才能成其为一柄『坚厚无窪隆，挥之纯然』的佳扇。从江南明墓出土的大量明代折扇实物和珍贵的传世明代书画成扇来看，无论是扇骨简素配以名人翰墨笺面的书画扇，还是扇骨工艺复杂配以精致纹样笺面的工艺扇，都做到了形制合度、工艺精良、品质坚牢的地步，保存条件好的至今犹灿然如新，开合自如。

从扇骨取材来看，尽管各类普通和珍贵木料以及棕榈科材料也在运用，但综合材料的工艺性能、经济成本和文化审美等因素，竹骨终归在明代发展成为折扇的主流。竹子的优异性能，使它兼具材料力学上的优势和有利于雕刻表现的特长。竹制扇骨之大骨也称『箑边』，是扇骨雕刻的主体部位。结合文献与实物，我们发现后世大行其道的箑边刻主流样式——浮雕与浅刻——在明代后期的竹扇骨上均已出现。浮雕大骨多与工艺纹样扇面相配，而浅刻扇骨虽亦可配工艺扇面，尤其能与书画扇面相得益彰。晚明竹刻名家濮仲谦的水磨浅刻竹扇骨之一时风行，即得益于能与名人书画扇面表里呼应。

入清后，简素为体的竹骨书画成扇依然在江南文人、遗民中行用，但折扇制作与消费的主流风气已在宫廷审美的引领下愈趋奢靡华美。这也就是刘廷玑（约一六五四—？）《在园杂志》所说的，康、雍之时，『其扇骨有用象牙者、玳瑁者、檀香者、棕竹者、各种木者、罗甸者、雕漆者、漆上洒金退光洋漆者，有镂空边骨内藏极小牙牌三十二者，有镂空通身填以异香者』，以上仅就大骨样式而言，已不胜其繁了。然而求之晚明濮仲谦时已相当成熟的竹刻书画扇骨，直至乾隆后期之前，不能得一名家。

我们都知道，清代康、雍、乾三代是中国竹刻艺术的鼎盛时期，竹人中之巨匠如张希黄、吴之璠、潘西凤、周芷岩都活动于此间，但扇骨雕刻显然没有得到他们的重视。传世至今的清前期名家款识扇骨，无一可信。文献所记亦出晚近，且受当时记录者认识能力的局限，所以不能作为立史的依据。竹制折扇工艺经历过清代前期一段低潮后，在清中期重新恢复了蓬勃发展的局面，成为江浙地区文人竹刻走向繁荣至关重要的物质基础。即使在一向缺少扇骨雕刻传统的嘉定，乾隆后期也开始有精致的箑边竹刻制作。当然文人箑边刻采取的主要雕刻形式，还是明代便见流行的隐起阳文和远绍濮仲谦、近师周芷岩的『浅刻』。留青刻骨在清代中期开始出现，至二十世纪前期发展为扇骨雕刻的大宗，与隐起阳文、阴文浅刻并驾齐驱。

这就形成了中国折扇艺术的第二个鼎盛时期，即清中期—民国阶段。在这个阶段，不仅是竹刻扇骨成为诸多扇骨装饰工艺中艺术成就最高、文化内涵最丰厚、审美品格最高级的品类，扇骨竹刻也成为同时期竹刻艺术中艺术成就最高、文化内涵最丰厚、审美品格最高级的品类。依靠材料的昂贵与工艺的精巧取胜的各种工艺扇骨，在需要体现文化优越性时是无法与文人书画箑边刻媲美的。许公的这批拓片，可以说是集中见证了中国折扇艺术的第二个高峰，也集中见证了十九、二十世纪中国竹刻艺术的成就。

学术界在谈到晚明时期江南文艺与工艺美术繁盛的由来，指出江南科举竞争的激烈使大批读书人仕进无望而转投文艺与工艺创作以安身立命是这一局面产生的内在原因。同理，清代盛期之后，随着人口的暴增，江南士子面对着远较前代为巨的压力。更有甚者，伴随着鸦片战争导致的中国半殖民地化的加深和太平天国运动对江南士绅阶层经济实力的严重破坏，清代后期江南地区大量的文人学子陷入尤为严重的生存竞争之中。更多的交游、投幕以谋求政治发展机会和从事艺术品创作以获取经济利益，是他们在参加科举和读书研学的同时所必须从事的工作。扩大社会交游圈与扩大艺术消费圈，两者是相辅相成的，往往很难说孰为因果，但不管如何，折扇成为了最好的酬赠载体，既有实用价值，又可以交流和交易从诗文到书画以致镌刻等一系列文人才艺。而折扇的使用者，通过展示所使用扇子的工艺品质与其上书画家、竹刻家的名头，无形中宣示着自己的社会地位与审美品味。可以说，竹刻扇骨艺术是在『供需两旺』的情势下发展盛大的。

在文人艺术的交流和交易中，扇面从来都是重要的内容，而竹刻扇骨之能够跻身于中，也是大有原因的。笔者在此前的研究中曾经指出：『清代江南文人竹刻艺术，发展到道光朝以后，在艺术上已经超越了传统竹刻重镇嘉定，从而成为这一时期竹刻艺术的代表。其蓬勃发展的缘由，具体而言，大概有四：金石学的大兴、阴文浅刻技法的成熟、竹制折扇的风行、镌刻技艺为艺文之士所必修。』这其实也正是中国折扇艺术第二个高峰形成的原因。

关于清代中期以来竹刻扇骨艺术鼎盛的成因以及具体表现和发展局面，包括笔者在内的研究者虽多有论述，却觉得没有必要在此展开。因为一切认识都来源于对实际情况的了解，许公煌煌扇拓集成于此，观者诸君只要稍加披览，自然可以得出自己的结论。

说起来为鉴定的文物制作拓片并不是工作任务，许公完全是本着对文物资料的重视，以及个人对文物的热爱和艺术审美兴趣而为之。据许公自云，上世纪八十年代中期拓制数量最多，最多时一天可拓八件扇骨，可谓手不释毡，这段时间也正是改革开放之初文物进出口鉴定工作任务繁忙之时。从一九九三年开始，随着朵云轩敲响中国内地拍卖第一槌，许公又承担了文物艺术品拍卖标的审核的工作，待拍卖物以近现代至当代艺术品和工艺品为主，即遇当代人的竹刻扇骨作品，凡觉得精好的也即时拓存。

除了责任鉴定工作中遇到精品便传拓留存之外，八十年代初许公还关注到文清组存放的一批成扇，发现精品极多，乃从中选拓了一百五十余柄。可惜的是，因组内所存文物随着落实政策而陆续发还，此前很多精品未能寓目，没有及时拓存，引为憾事。一九八五年之前，又从上海文物商店库存中选拓了部分精品。这些利用『工作之便』和工作之余进行的传拓，在当时或许不过是顺手而为，但架不住量变引发质变，今日集中成册，其中蕴涵的历史意义与学术价值是十分丰厚的。

在现代摄影术诞生之前，传拓是留存实物文字、纹饰乃至器物形制等信息最重要的记录技术，更是这些信息能够基本上不失真地进行传播的唯一手段。即使现在摄影技术已十分发达了，甚至有更高级的3D影像信息采集技术，但至少对竹刻扇骨这个特殊工艺与艺术对象来说，传统的墨拓仍然具有不可替代的价值。更何况，许多古代作品或散或失，其拓片或是唯一的记录，或是唯一方便传播的图像信息，这就更形珍贵了。对竹刻扇骨进行拓存，以往要么是竹刻作者，要么是折扇藏家或古玩经手人，传拓的目的主要是留存作品信息。许公是特殊的经手人，他制作拓片的初心虽然也是留存信息，但在笔者看来本书却绝非简单的『资料汇编』，道理无他，因为许公是一位鉴定家。

新中国成立之际，折扇艺术的第二个鼎盛阶段已延续了一百多年，其间涌现出来的箑边雕刻名家不下百人，其中既有专工雕镌的高手，也有偶尔奏刀的文人。扇刻名家在地域分布广泛的基础上形成了扬州、苏州、杭嘉湖三个中心地区，并在民国前后扩展到上海、南京、北京、天津、福州、广州等地，拥有广阔的市场和普遍的知名度。在旺盛的市场需求之下，赝品问题不可避免地出现了。名家刻骨的赝品主要有两类，一类是仿真，一类为伪托。二十世纪六十年代国家文化部发布《文物进出口鉴定参考标准》，规定一九一一年以前的名家竹刻扇骨（包括地区名家）一律不准出口，在实际的文物出境鉴定审核工作中就首先面临着甄别与定级的问题。也就是说，本书中凡属清代名家的作品，实际上反映了许公的鉴定成果，而民国和现当代的名家作品则更多地体现了许公在艺术鉴赏方面的眼光与眼界。文物鉴定的眼光是在大量接触实物的基础上锤炼出来的，一旦形成高超的鉴别力，所产生的鉴定成果也就成为后学者的凭借并能薪火相传。本书中许多扇骨的原件都已成为上海博物馆的庋藏，也是笔者学习和研究竹刻艺术与历史的第一手资料，正是从这个意义来说，笔者认为本书是一部『著作』，它可以引领我们更真切、更顺利地进入竹刻扇骨鉴赏的领域。

竹刻扇骨是一种非常特殊的、极具中国气派的艺术，中国传统文人美术最终形成了诗书画印四位一体的组合形式，融合了金石气与书卷气，这些特色均为篁边雕刻以极为浓缩的形式所呈现。我们高兴地看到，在历经了数十年的沉寂后，对传统折扇艺术，对扇骨雕刻艺术，对竹刻艺术，在今天无论是收藏还是新的创作都呈现出方兴未艾的局面，本书的出版一定能够极大满足广大折扇、扇刻与竹刻鉴赏与创作人群的需求，为此一特定领域的文化复兴提供不可多得的珍贵养分。除了审美价值和实用功能之外，传统名家刻骨上还保留着十分丰富的历史、人文信息，拓片将这些信息保存了下来，为研究晚清、民国时期的文化史、艺术史提供了一份不可多得的珍贵材料。我们可以慢慢解读，在满足审美需求的同时，某个历史研究上的小疑难或者就此涣然冰释。

用今天的话来说，许公的传拓事业是可以冠以『工程』之名的，然许公并不将他数十年寒暑未间的传拓成果视为业绩，更没有从中获取任何实际的利益，真正是符合孔子所提倡的『知之者不如好之者，好之者不如乐之者』。『一箪食，一瓢饮，人不堪其苦，回也不改其乐』，中国的文博工作者，从戈壁到雪域，从深宫到大海，但凡取得成绩者，没有不是至于『人不堪其苦，回也不改其乐』之境界的。捧览此书，人或不察，于笔者却是确乎有『传道、授业、解惑』之领受，附笔于次，以志申谢与欢欣。

辛丑四月初一日成文于上海博物馆西耳之南牖

目录

张希黄（活动于明末清初）

传为江苏江阴人。褚德彝云：『曾在金西厓家见希黄刻笔斗一件，款署希黄；下有张宗略印，惟里贯不可考耳。或云江阴人，未知是否。』故张希黄当名宗略，待考。其作山水楼阁似李昭道，偶作小景，又似赵令穰，点缀人物并生动有致。题句书法则类赵孟頫。以留青法刻竹，工细精致，曲尽画理。所制以竹皮的全留、多留、少留或不留以求浓淡深浅之变化，似如绘画中的墨分五色，题材多系山水人物、亭台楼阁，构图、题款似古代名家。

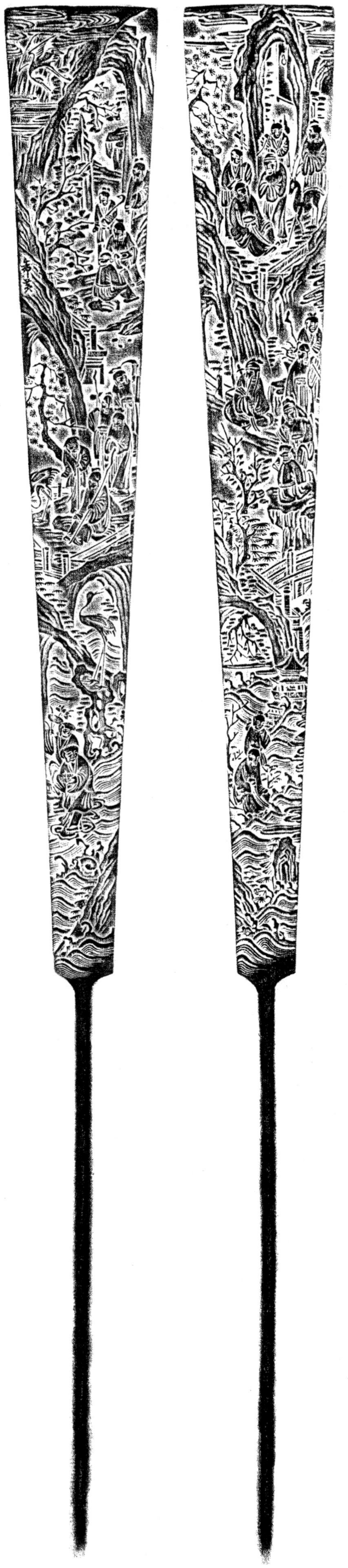

张希黄

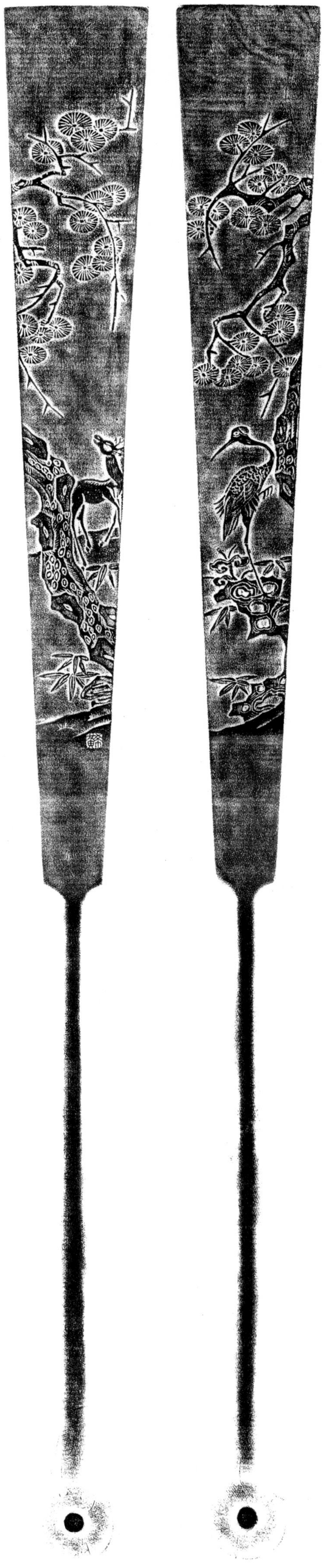

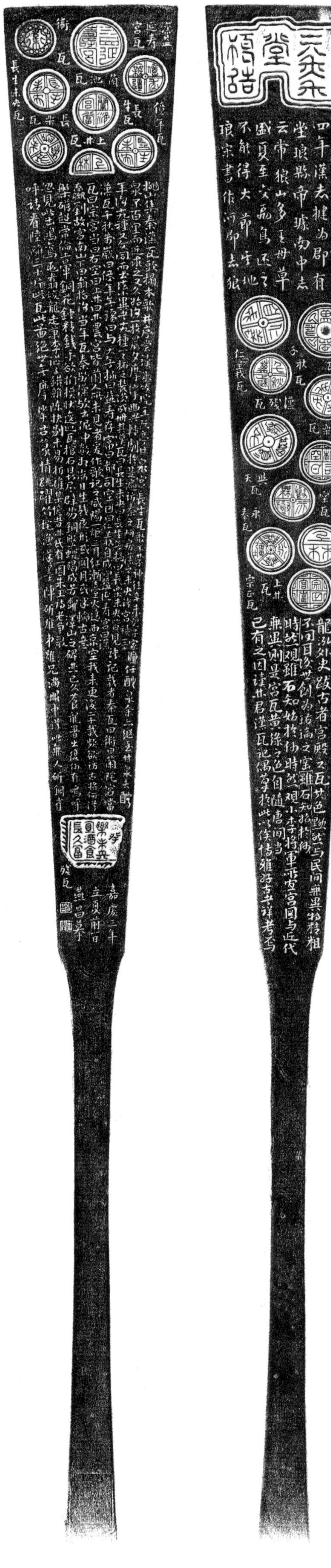

张燕昌（一七三八—一八一四）

字芑堂，号文鱼、文粟山人。浙江海盐人。工书法，精篆刻，从学于浙派丁敬，为其高足，用刀拙朴，布局萧疏稳逸。其还长于金石文字考证之学，对商周彝器、汉唐石刻尽力搜寻，并与同时代书家、金石考据家梁同书、翁方纲等探讨考释，潜心研究，终日不倦，时有创见。著述亦富，有《金石契》《飞白书录》《续鸳鸯湖櫂歌》《石鼓文释存》《芑堂印谱》等。

张燕昌

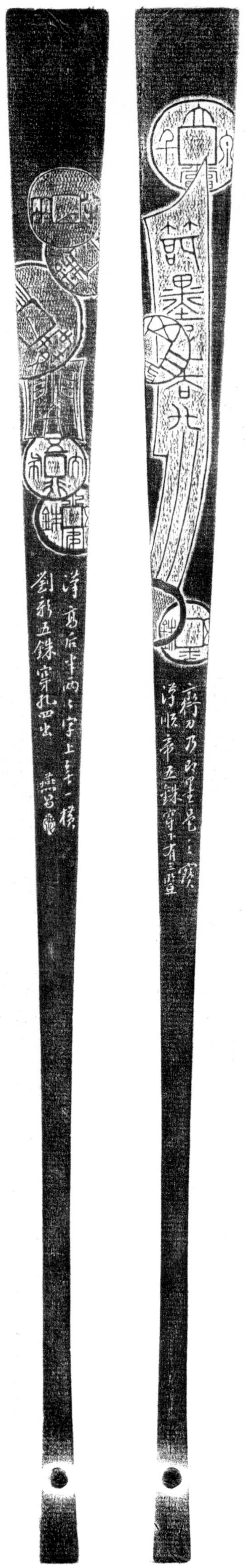

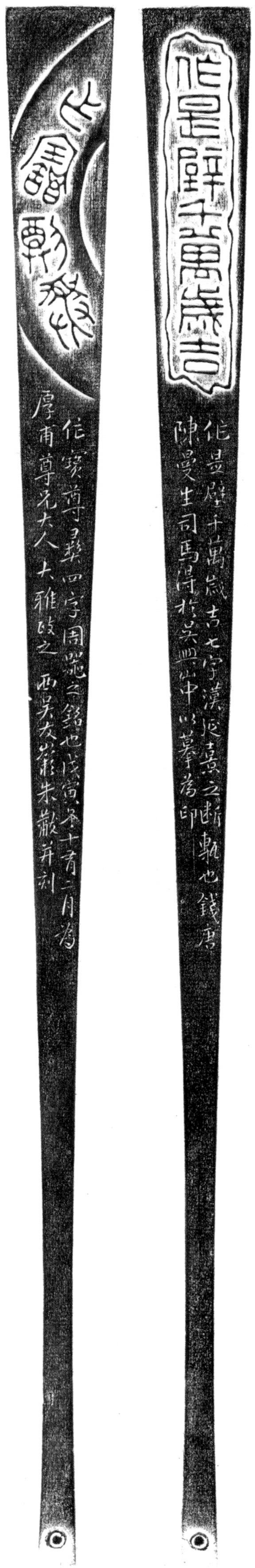

朱黼（活动于清中期）

字与村，号画亭，江苏江阴人。乾隆三十年（一七六五）献赋及画，蒙恩奖赐，是年拔贡，官沭阳教谕、四川卢山县知县。山水苍润朗秀，得王翚风致。工诗。著《画亭诗抄》。

杨彭年（活动于清中期）

字二泉，号大鹏。荆溪人，一说浙江桐乡人。乾隆、嘉庆年间制紫砂壶名手，所制茗壶气韵温雅，浑朴工致。又善铭刻、工隶书，追求金石味。与当时名人雅士陈鸿寿、瞿应绍、朱坚、邓奎、郭麟等合作镌刻书画。

陈鸿寿（一七六八—一八二二）

字子恭，号曼生、胥溪渔隐、种榆道人等，钱塘（今浙江杭州）人。嘉庆六年拔贡，官溧阳知县、江南海防同知。工书画，书法以隶书最为知名，清劲潇洒，结体插挪让，相映成趣。亦擅篆刻，治印运刀豪迈自如，在浙派诸家中独具新貌。他在溧阳为官时，对紫砂陶器颇有兴趣，与杨彭年合作，创制新样，并亲自撰词刻铭，为后世所珍视，誉为『曼生壶』。著有《桑连理馆词集》《种榆仙馆印谱》等。

杨澥（一七八一—一八五〇）

初名海，四十岁后改名，字龙石，号竹唐，别号龙道人、野航逸民、石公、枯杨生。吴江（今属江苏苏州）人。精金石考据之学，工篆刻，初学浙派，后致力于秦汉印，擅镌金石，时称『江南第一名手』。尤善刻竹，讲究神韵，以『底皆深圆』异于他家，豪放朴厚，流美圆转。近人吴隐辑其刻印成《杨龙石印存》。

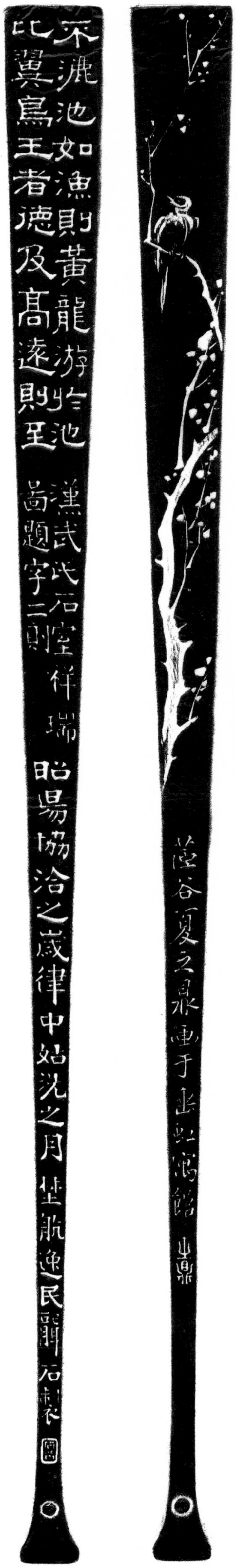
不漉池如漁則黃龍游於池
比翼鳥王者德及高遠則至
漢武氏石室祥瑞
圖題字二則
昭昜協洽之歲律中姑洗之月

辛丑夏日吴江龍石
武原汪氏吉金文字

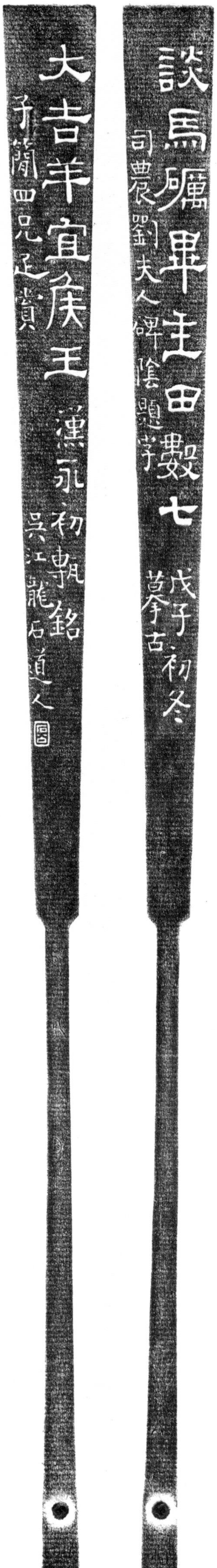
大吉羊宜侯王
子蘭四兄正賞
漢永初軓銘
吳江龍石道人
談馬礪畢圭田數七
司農劉夫人碑陰題字
戊子初冬
摹古

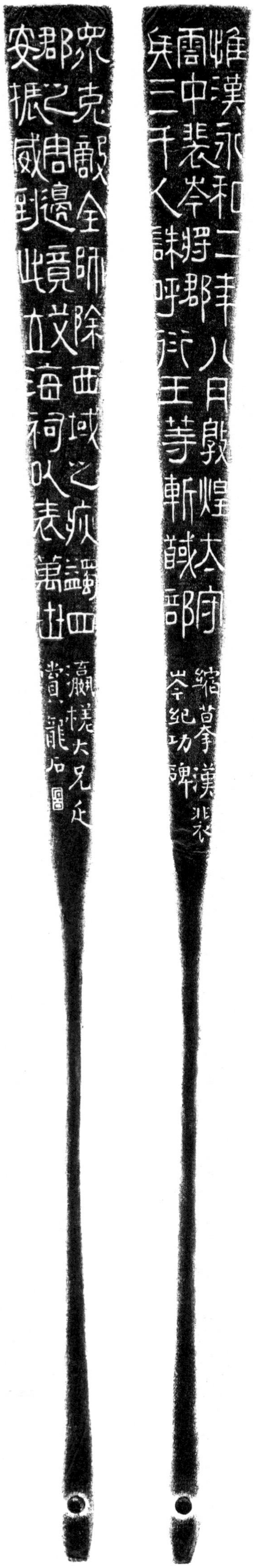
惟漢永和二年八月敦煌太守
雲中裴岑將郡
兵三千人誅呼衍王等斬馘部
縮摹漢裴岑紀功碑
眾克敵全師除西域之疢蠲四
郡之害邊竟艾
安振威到此立海祠以表萬世
瀛槎大兄正賞
龍石

南薰
古琴銘摹奉
硯耕仁兄清賞 吳江龍石
東山之麓可以鼓琴聲聞于天
鳴鶴在陰

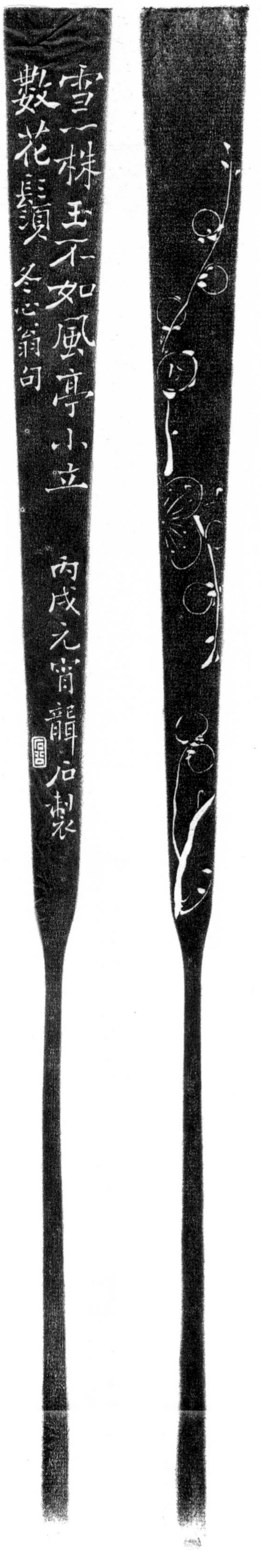
雪一株玉不如風亭小立
數花鬚 冬心翁句
丙戌元宵龍石製

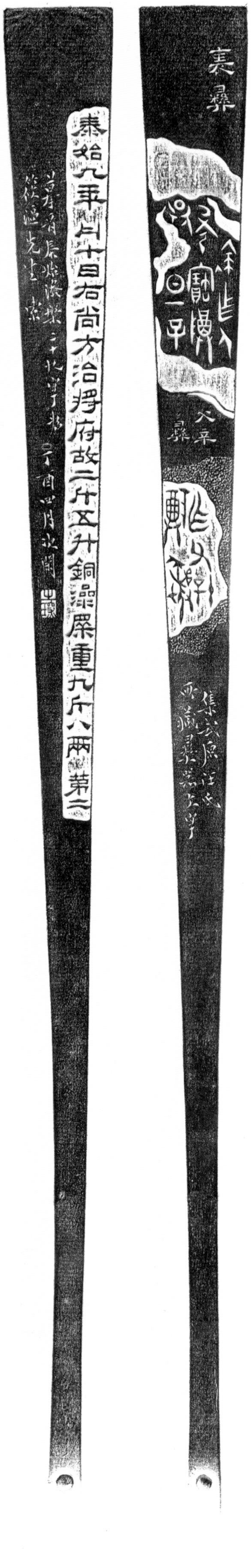

赵之琛（一七八一—一八六〇）

字次闲，号献父、穆生、宝月山人，斋号补罗迦室。钱塘（今浙江杭州）人。嗜古好学，出陈豫钟门下，工篆、隶、行、楷，刻印尤精。山水师黄子久、倪云林，萧疏幽淡，花卉竹石有明人气息。喜写佛像，为各地居士、丛林所宝。刻印神似陈鸿寿，娴熟精能，以巧取胜，集浙派之大成，当抗衡奚冈、方薰、黄易。

臨皋亭下不數十步便是大江其半是峨眉雪水吾飲食沐浴皆取焉何必歸鄉哉江山風月本無常主閑者便是主人
錄東坡居士語 次閑趙之琛并刻
仿雲西老人法 半間

右中郎將曹悅燕黑閒
弮鐏辟
漢書右中郎將比二千石曹悅史無考燕黑閒當是弩名古弩有名黄閒者紫閒者銘凡十有二字
次閑摹古
弮束也
鐏讀為郭
辟月弩之柄
研山仁兄先生清品
叔巘款銘三十六字

赵之琛

释达受（一七九一—一八五八）

俗姓姚，字六舟、秋楫、道敏，号万峰退叟、南屏住山僧、小绿天庵僧等，斋号小绿天庵等。浙江海宁人。出家为僧，居盐官北门外白马庙。后主持西湖净慈寺。嗜古，精鉴别古器物和碑版，诗书画刻均精妙，摩拓古铜器尤称绝技。阮元称之『金石僧』『九能僧』。工诗词，书法善篆隶、飞白。亦擅山水、花卉，精墨梅，得徐渭之意。尤精金石篆刻治印，篆刻宗法秦汉，究心浙派，印风规矩稳重、秀雅茂劲。刻竹亦精，常刻竹臂搁、诗筒，秀韵与墨迹无异，所刻山水深得戴熙笔意。著有《小绿天庵吟草》《宝素室金石书画编年录》《南屏行箧录》等。

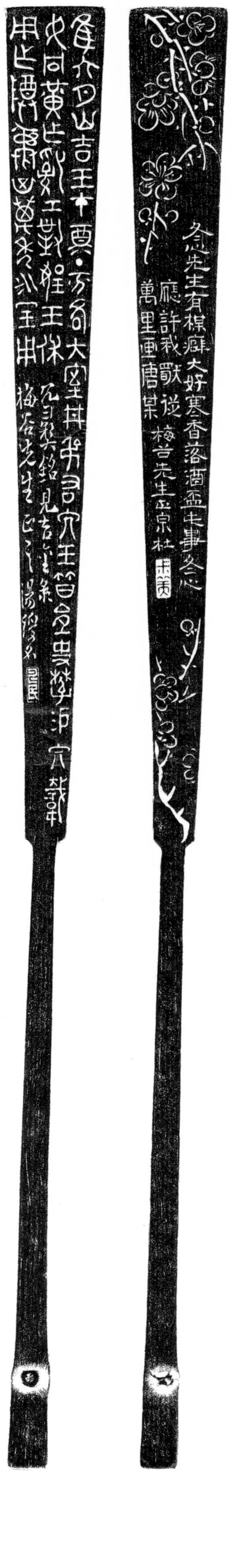

汤绶名（一八〇二—一八四六）

一作绶铭，室名画梅楼、画眉楼。汤贻汾长子。江苏武进人，居金陵。袭云骑尉，官盐城守备。工山水、花卉，尤工墨梅、桃花，笔力较其父稍弱，气韵不俗。精四体书，以淡雅胜。擅篆刻，又善鼓琴。著有《画眉楼摹古印存》。母董婉贞，弟汤楙民、汤禄民，妹汤嘉名，皆工画。

胡 震（一八一七—一八六二）

字伯恐、不恐，号鼻山，别号胡鼻山人、富春山人、富春大岭长，浙江富阳人。于篆、隶之学，造诣均深，尤工隶书。挟书入印，所作有乱头粗服、天真自然之致。

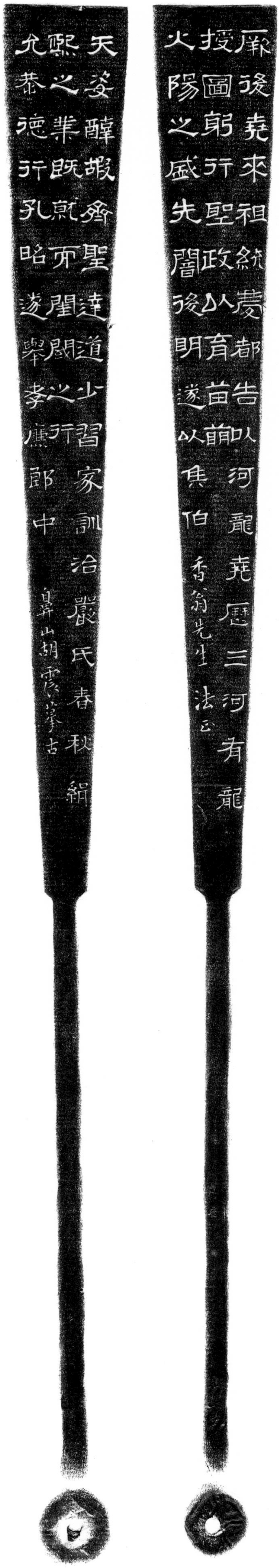
厥後堯來祖統慶都告以河龍堯歷三河有龍
授圖躬行聖政以育苗萌
火陽之盛先闡後明遂以焦伯
香翁先生法正
天姿醇嘏齊聖達道少習家訓治嚴氏春秋絹
熙之業既就而閨閾之行
允恭德行孔昭遂舉孝廉郎中
皐山胡震摹古

胡震

马根仙（活动于嘉庆年间）

吴县（今江苏苏州）人。出身丹青世家。精绘事，工刻扇骨，以浅刻入画，线条流畅，所刻花卉、仕女图案清秀诱人，能穷工极巧。《吴县志》载：『刻竹人莫能及。』

马根仙

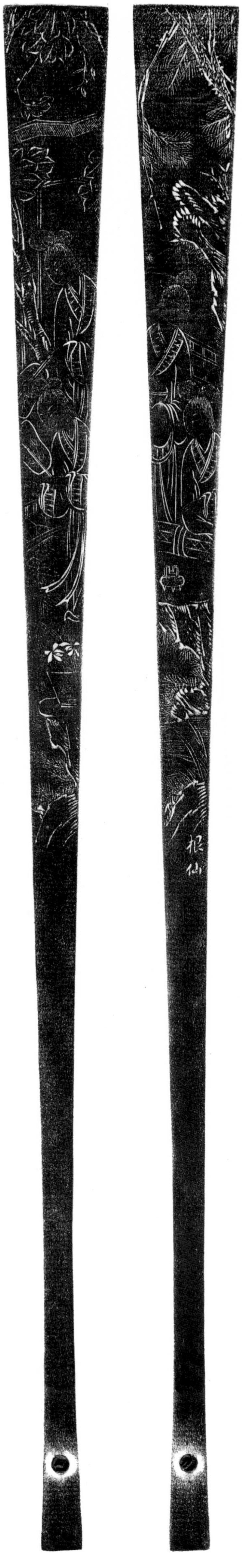

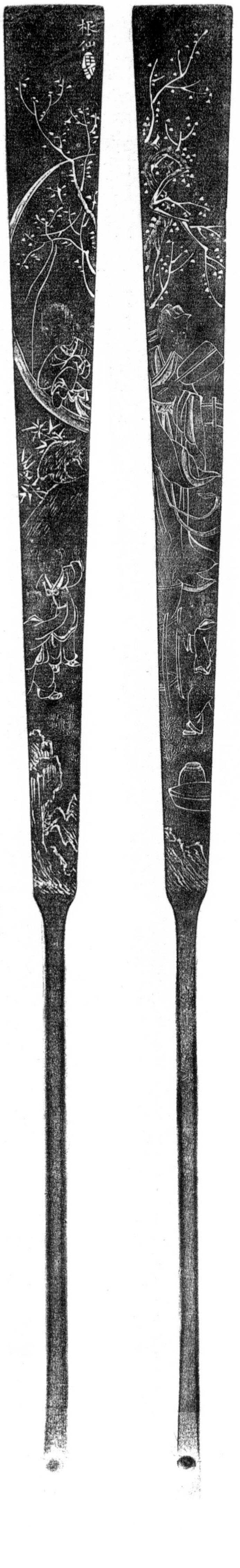

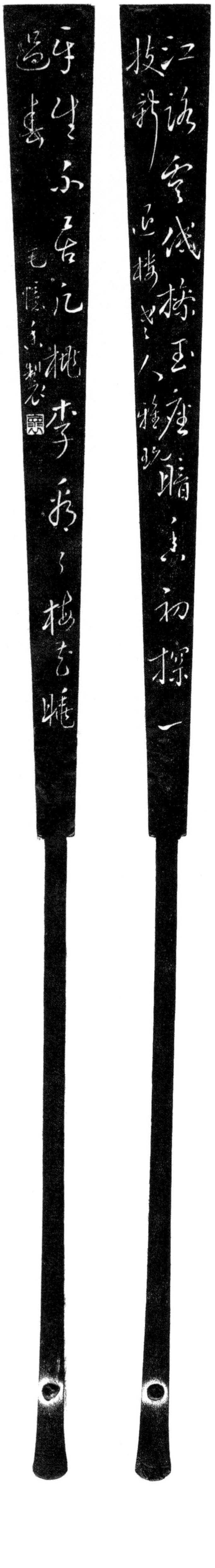

毛 怀（活动于嘉庆道光年间）

字士清，号意香，又号铁道人。吴县（今江苏苏州）人。与王石香、胡芑香并称『三香』。工书，擅刻竹，善谈谑。彭秋士、吴时中辈皆善之。其书不下于时中，尤工题跋。著有《南园草堂集》《意香剩稿》。

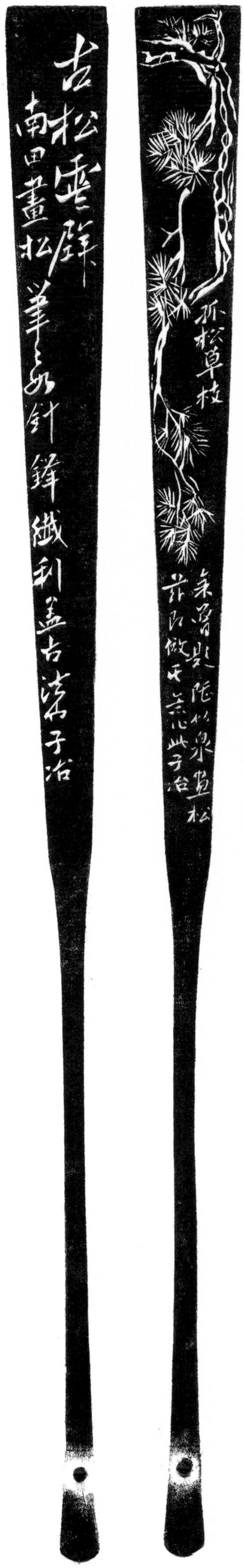

瞿应绍（活动于嘉庆年间）

字阶春，号子冶，又号月壶。上海人。性好古，善鉴别金石文字。工画竹，学恽寿平。篆刻自成一家。刻茗壶，摹仿陈曼生。著有《月壶题画诗》。

徐三庚（一八二六—一八九〇）

字辛谷，号井垒，又号袖海、余粮生、大横、褎海、金罍道人、荐木道人、老辛庚、上于父、嚣然散人、老褎等，斋堂似鱼室，浙江上虞人，流寓上海。工篆、隶，精于金石文字，篆刻由浙派陈鸿寿、赵之琛入手，上窥秦汉，于吴熙载、赵之谦后别树一帜。工书法，篆取《天发神谶碑》，隶书合汉诸碑之长，自成面目。并擅长竹刻。存世有《金罍山民印存》《金罍印摭》《似鱼室印谱》。

三庚摹
丁丑二月中浣

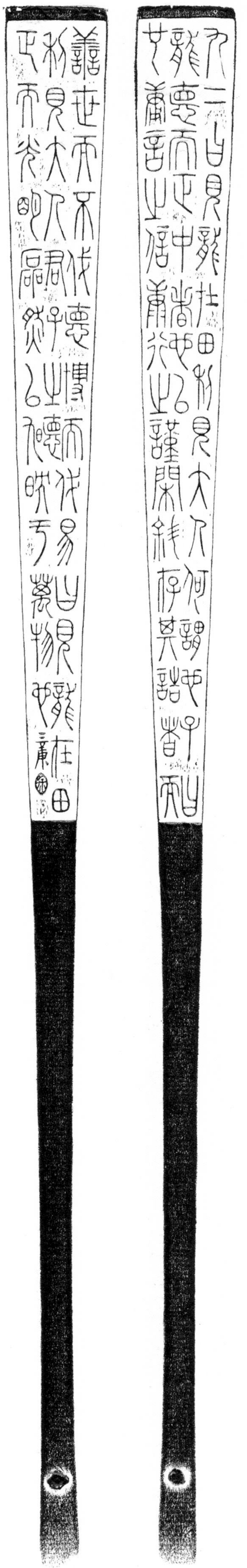

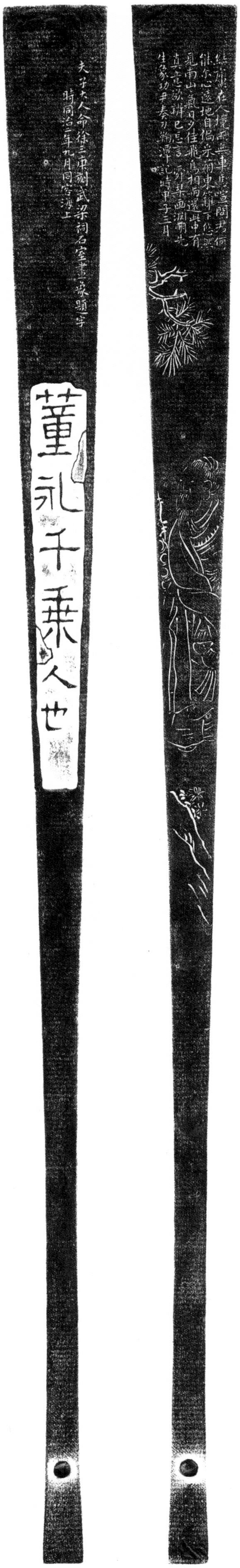

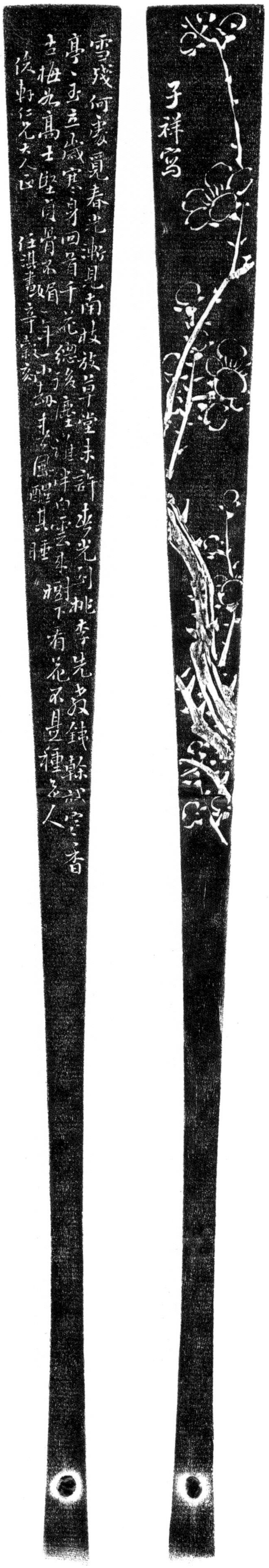
子祥写

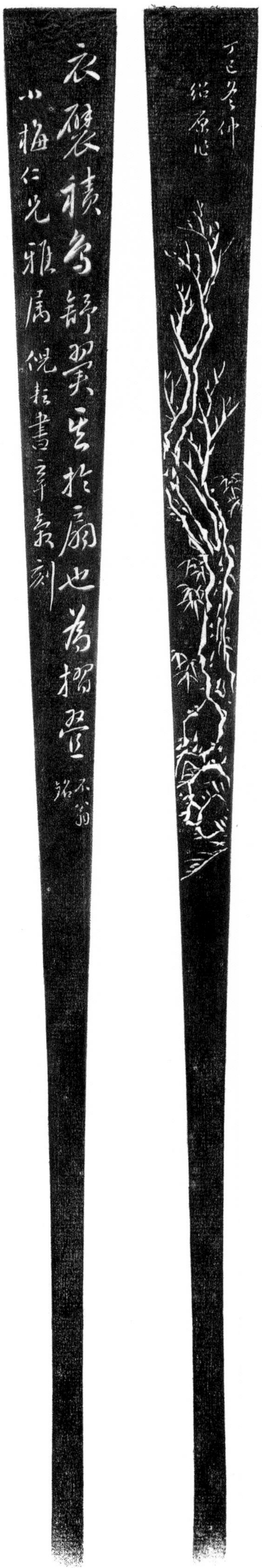

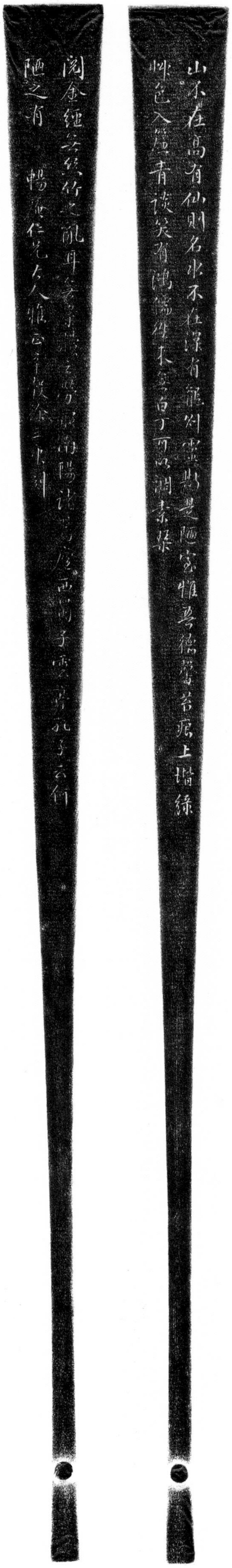
山不在高有仙則名水不在深有龍則靈斯是陋室惟吾德馨苔痕上階綠
艸色入簾青談笑有鴻儒往來無白丁可以調素琴

丁文蔚（一八二七—一八九〇）

字豹卿，号韵琴，又号蓝叔，晚号丁亥叟，别署颂琴居士，室名大碧山馆、听秋馆。浙江萧山人。官福建长乐知县。工画花卉人物，逸笔点染，秀雅古逸。善书，作篆、隶得汉人古拙之趣。工诗，又善刻竹。

三雨筆寫出玉玲瓏露氣如烟涼有暈月明深夜墮無聲

人憶晚牧成藍料

風凄烟冷太無悰一夜霜華淚漬嬌好伴鄂琴琶江上怨白頭

富婦說紅綃藍尗

程　彬（？—？）

清河阴人，道光十七年（一八三七）举人。官池县教谕。著有《易经钞存》。

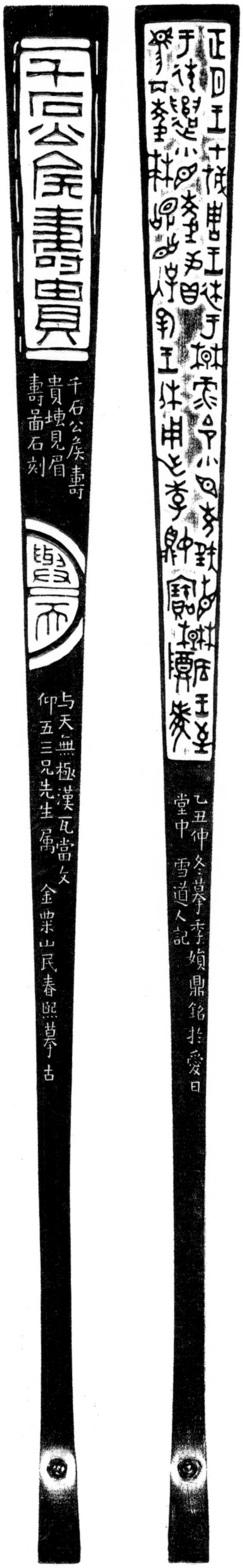

陈春熙（?—一八七四）

原名明赐，更名春熙，字明之，号雪庵，一号锡庵，别署金粟山民、雪道人，浙江嘉兴海宁人。寓居秀水（今浙江嘉兴）计芬家，后迁居江苏吴江。工书法、篆、隶、行、飞白皆能，笔力苍劲，取法高古，或临摹金农、陈鸿寿一派，无不神似。嗜金石，精篆刻，宗法秦汉，与杨澥、翁大年、王云齐名。尤擅竹刻，擅刻名人书画，讲究传神，刀法熟练，扇骨摹钟鼎款识，几可与归安刻竹名手韩潮抗手。兼刻象牙等各种器皿。

漢尚方銅器
友槿尊兄屬雷厂手作

昭帝時茂陵之家獻寶劍上有銘曰
直千金壽万歲
西京雜記
韻笙一兄先生足賞 丁卯冬日 雪道人刻

张受之（？—？）

名辛。浙江嘉兴人。受叔父张廷济金石之学影响，善精摹沕上石，或作篆刻牙石印，古劲有韵。

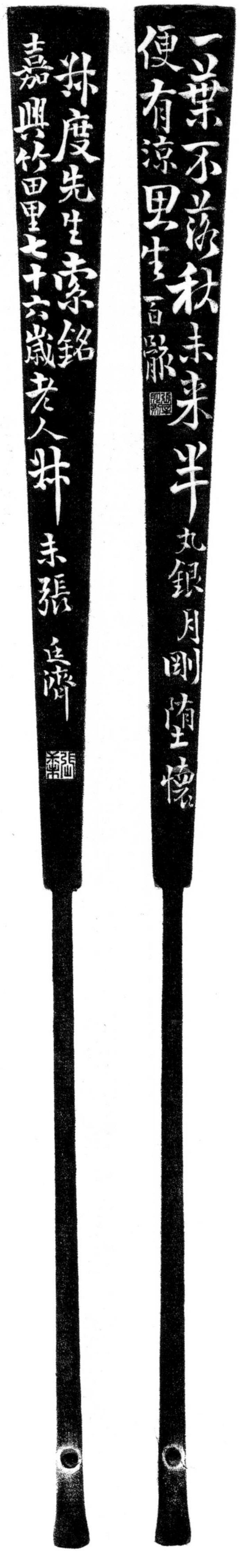

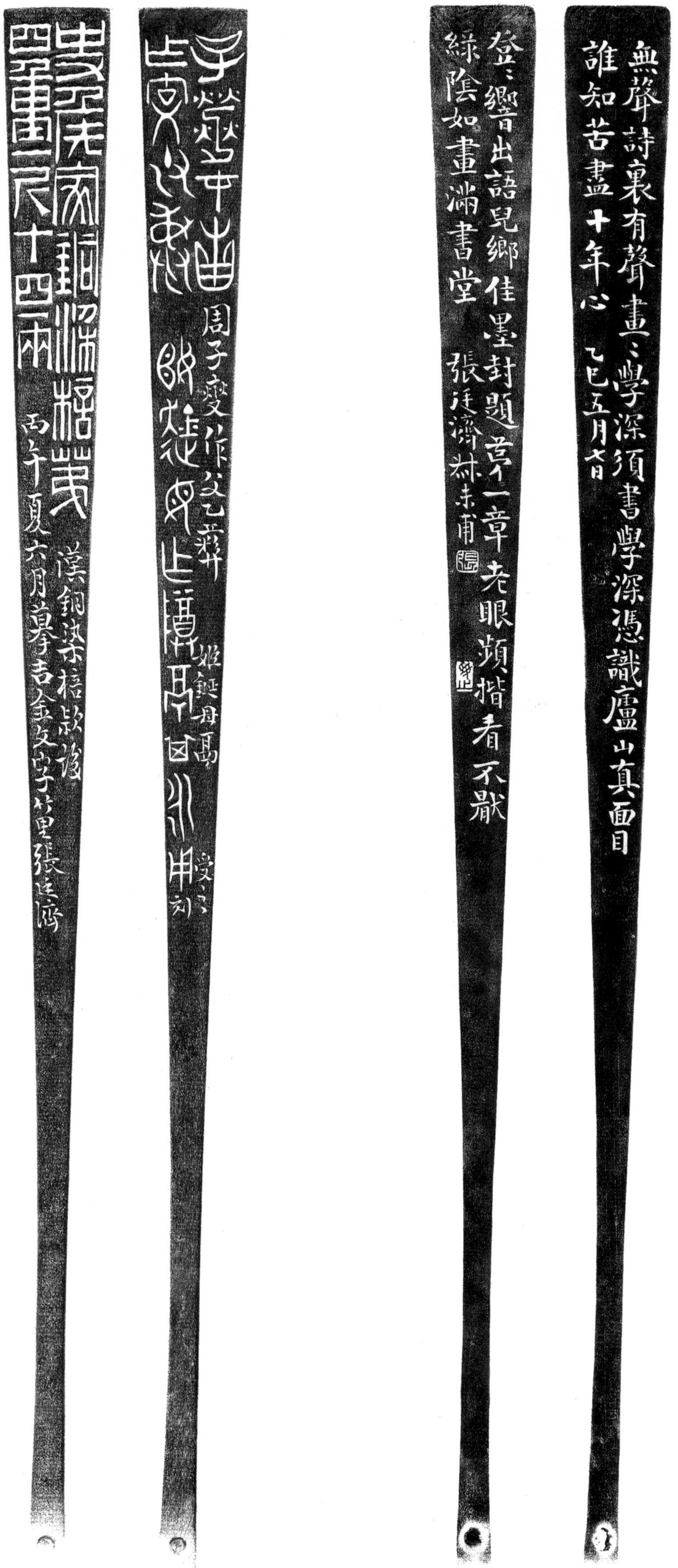
無聲詩裏有聲畫畫學深須書學深憑識廬山真面目
誰知苦盡十年心
乙巳五月
聲聲響出語兒鄉佳墨封題第一章老眼頻揩看不厭
綠陰如畫滿書堂
張廷濟
周子變作父乙彝
姬鉦母鬲
受之刻
漢銅染檣款識
丙午夏六月摹吉金文字於竹里張廷濟

一葉不落秋未來半丸銀月剛墮懷
便有涼思生 百齡
卅度先生索銘
嘉興竹田里七十六歲老人卅未張廷濟
五百年前賀季真再來依舊作閒人
一生看盡佳風月
不負湖山不負身
道光二十五年乙巳二月張廷濟卅未甫
山民侍詔 正
受之刻

我住鸳鸯湖烟水隈蓬门日日待君开何时把晤萧斋里对
榻联吟兴快哉
谷云先生索铭
不到平山
道光二十六年丙午七月
张受之刻

蔡 照（？—？）

原名初照，字容庄，容庄，清咸丰至光绪年间萧山（今属浙江杭州）人。能篆隶，精鉴别古金石文，擅治印，承浙派，所作遒劲秀逸工整。善刻竹木，曾为邑中王龄刻扇骨百柄，花卉、山水、仕女、佛像具备，皆为任熊所画，奇巧工细，能传原作之神。

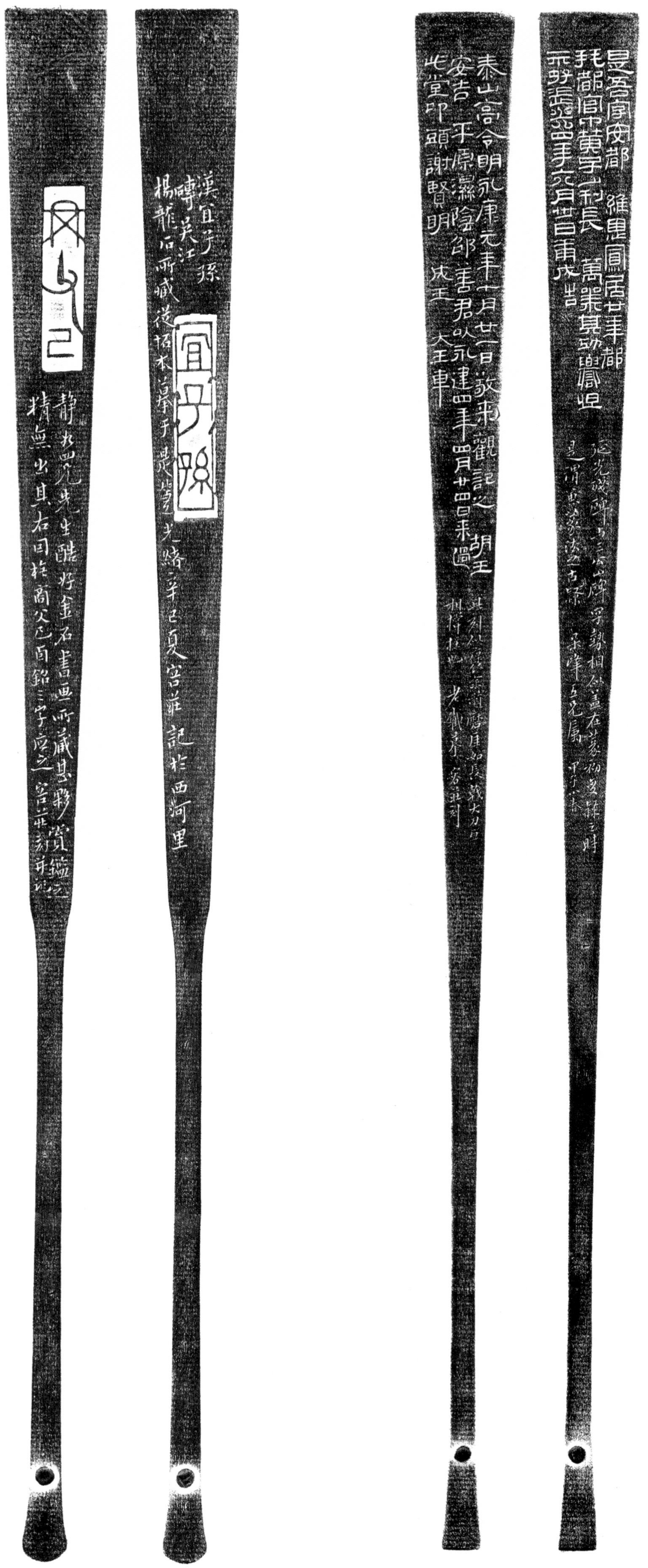

蔡照

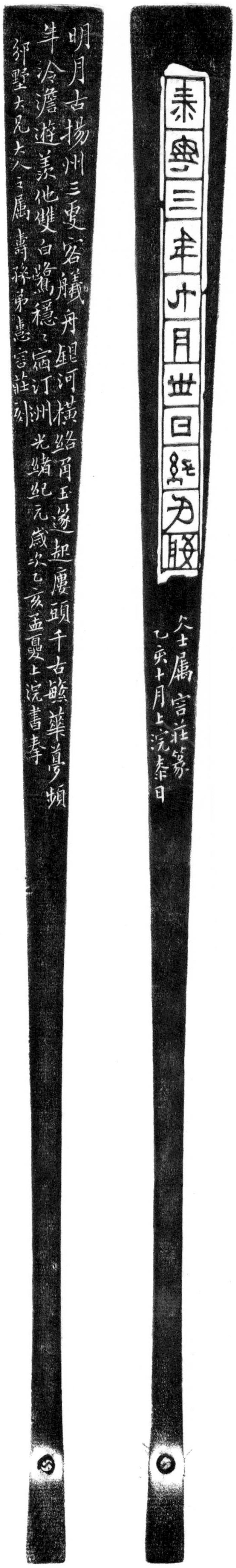

蔡照

羣賢畢至少長咸集此地有崇山峻領茂林脩竹又有清流激湍暎帶左右
引以為流觴曲水列坐其次雖無絲竹管弦之盛一觴一詠亦足以暢敘幽情

蔡　照

王 云（活动于清道光至同治年间）

字石芗，一字石香，吴县（今属江苏苏州）人。周之礼入室弟子。精书法，多宗六朝。好金石，工篆刻，专法宋、元、明，别具标格，同治三年（一八六四）曾刻『松父』印。为吴中名手，与杨澥（龙石）、翁广平之子翁叔均（大年）、陈春熙等齐名。刻竹尤精，善刻扇骨，尤擅摹刻吉金文字，残缺处均能逼肖，为向来所无，且布置工雅，脱尽习气，可做拓本观。

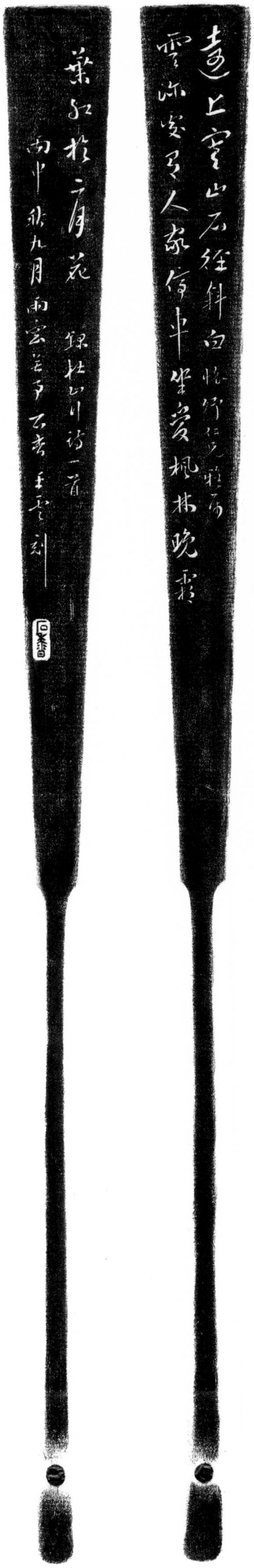
远上寒山石径斜
白云深处有人家
停车坐爱枫林晚
霜叶红于二月花
录杜牧诗一首
丙申秋九月雨窗王云书 王云刻

坡公石銚圖
銅腥鐵澀不宜泉愛此蒼然深且寬蟹眼翻波湯已作龍頭拒火柄
猶寒薑新鹽少茶初熟水漬雲蒸蘚未乾自古函牛多折足要知無腳是輕安
坡翁詩
博古清賞

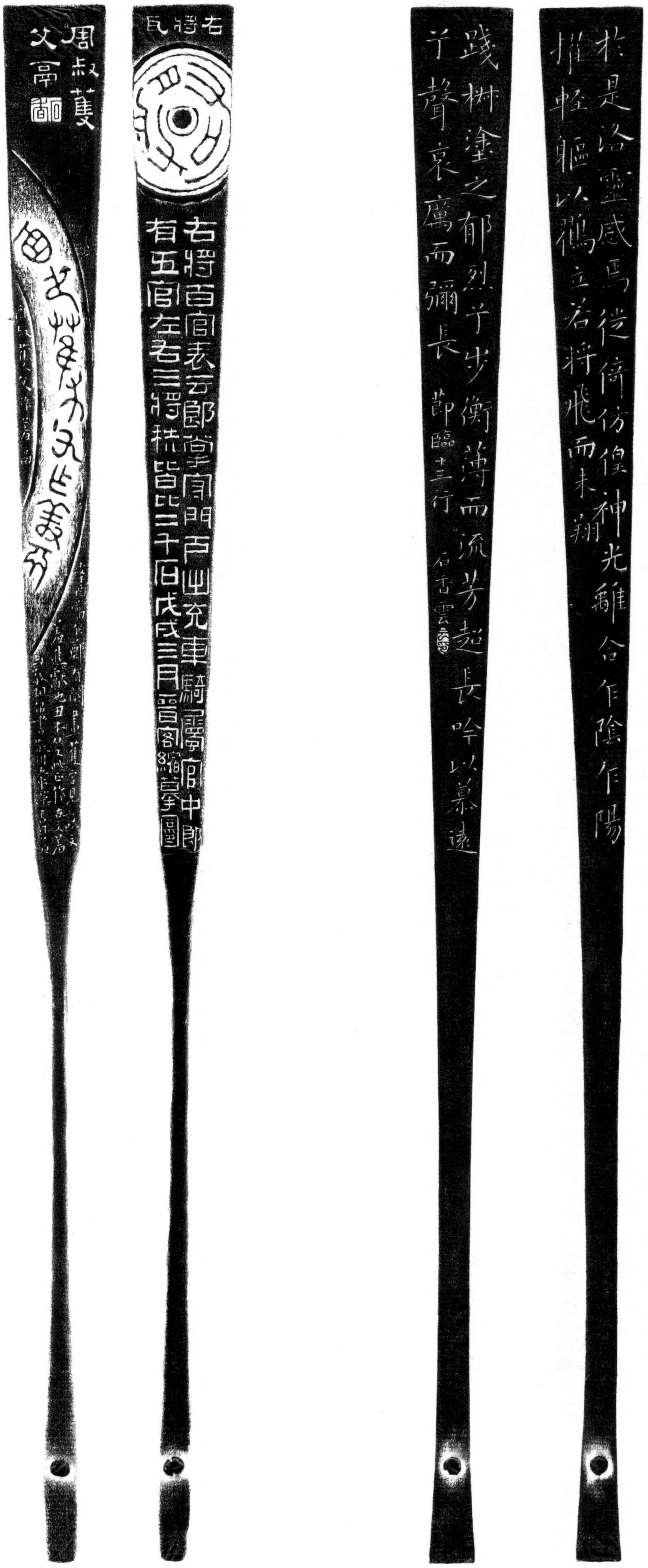
周叔夔文
右將瓦
右將百官表云郎掌宿門戶出充車騎屬官中郎
有五官左右三將秩皆比二千石戊戌三月晉閣縮摹圖
於是洛靈感焉徙倚彷徨神光離合乍陰乍陽
擢輕軀以鶴立若將飛而未翔
踐椒塗之郁烈步蘅薄而流芳超長吟以慕遠
兮聲哀厲而彌長
節臨十三行
石香雲

王 云

于士俊（活动于清同治光绪年间）

字子安，吴县（今属江苏苏州）人。擅刻扇骨，尤善书法，自书自刻，长于浅刻小字。其竹刻作品以行楷为多，字迹娟秀。曾于光绪十六年（一八九〇）到北京刻竹。晚年亦刻钟鼎瓦当文，留青刻尤佳。传世品有扇骨、臂搁、琴形竹剑匣等。

胡　镬（一八四〇—一九一〇）

字菊邻，号老鞠，又号晚翠亭长、南湖寄渔，室名晚翠亭等。浙江石门人。同治八年（一八六九）秀才。常年鬻艺沪上。工山水、花卉。山水峰峦浑厚，苍劲老辣，花卉擅兰菊，娟逸有致。工诗词。又善书，兼精治印，声名与吴昌硕相媲美，虽苍老不及而秀雅过之。能将版刻于黄杨木上，曾勾摹宋拓《圣教序》《麻姑仙坛记》《九成宫醴泉铭》，均不失神韵。与褚德彝过从甚密，纵谈金石学。刻竹极精，所刻扇骨技艺亦不下于蔡照。著有《不波小泊吟草》《晚翠亭印储》。

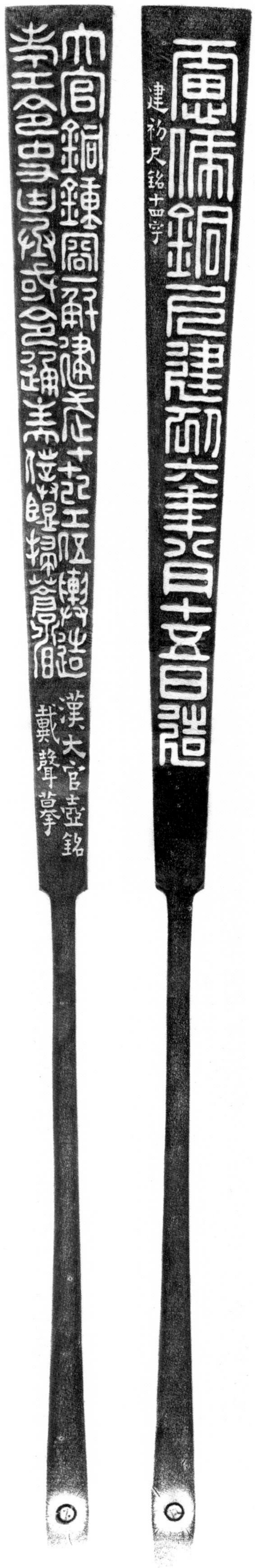

胡镬

匈奴南單于東嚮南蠻西戎北狄王侯君長之羣入自旃門

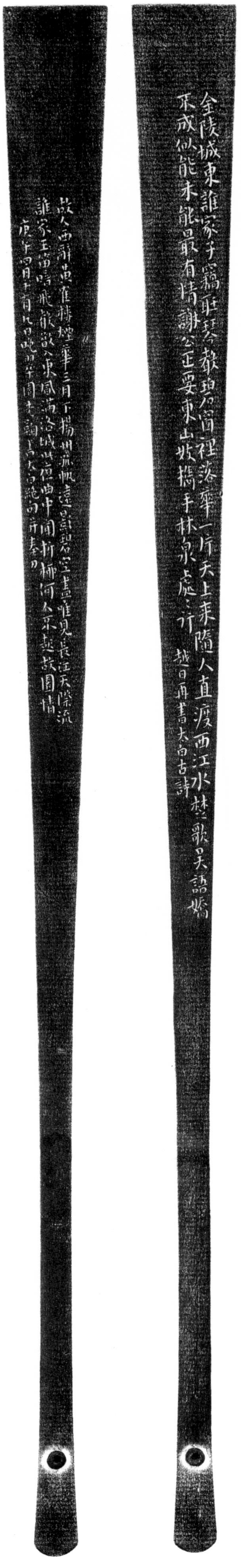
故人西辭黃鶴樓煙花三月下揚州孤帆遠影碧空盡唯見長江天際流
誰家玉笛暗飛聲散入東風滿洛城此夜曲中聞折柳何人不起故園情
金陵城東誰家子竊聽琴聲碧窗裏落花一片天上來隨人直度西江水楚歌吳語嬌不成似能未能最有情謝公正要東山妓攜手林泉處處行
越日再書太白古詩

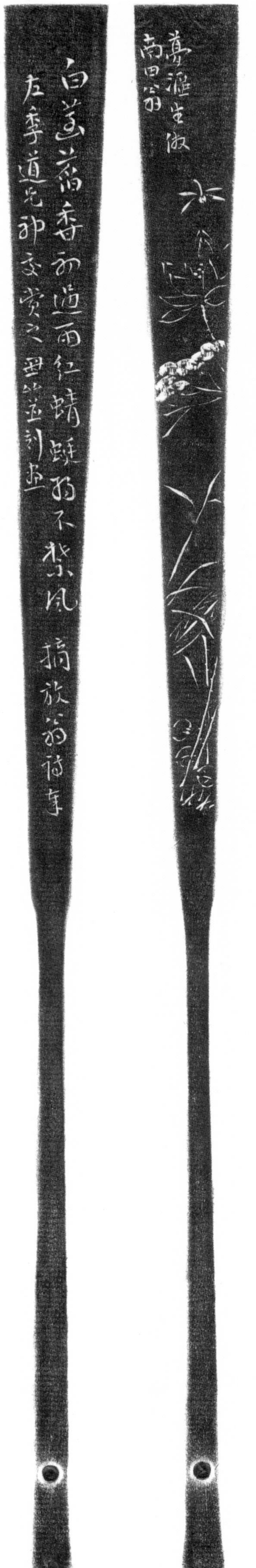
白菡萏香初過雨紅蜻蜓弱不禁風

胡 镬

胡钁

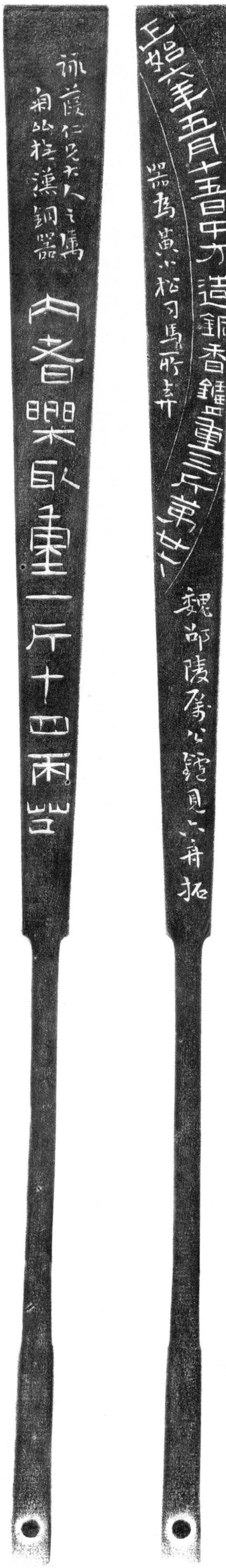

弄晴小雨潤春泥野店春帘竹逕西記得去年
同醉處花邊停酒聽黃鸝
儒粟三兄大人屬吳角書匊鄰刻時乙酉三月
仿雲林
竹石霜
枯渚
長壽半勾摹為
娛園先生六十壽癸未十月匊鄰手刻吉金
漢壽命昌銅器文見六舟拓本

歲月人間促煙霞此地多殷勤竹林寺更得幾回過
晚唐人句

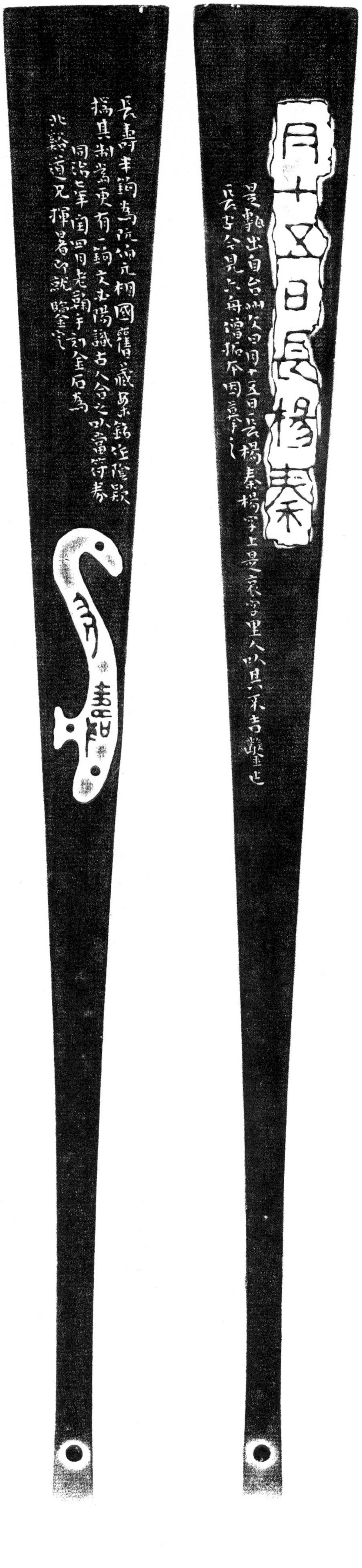
長壽萬鈎為阮伯元相國舊藏
同治七年閏四月
月十五日長楊泰

黄山泉（?—?）

吴江人。所刻扇骨能仿名家书法，画则别出心裁，作品颇见功力。

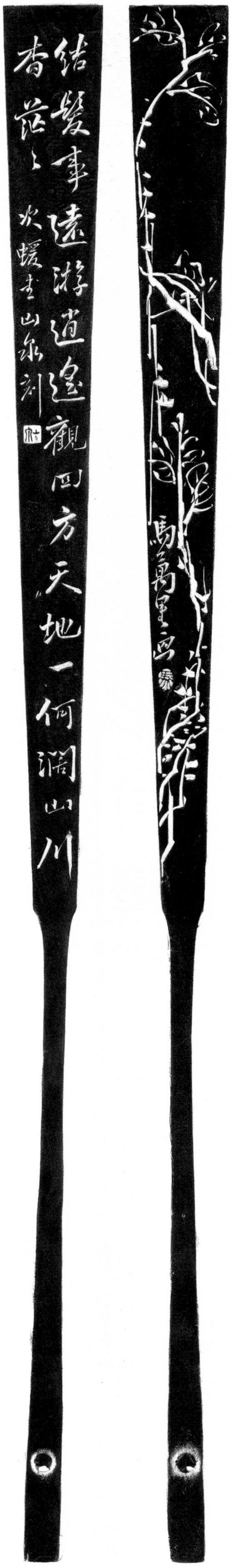

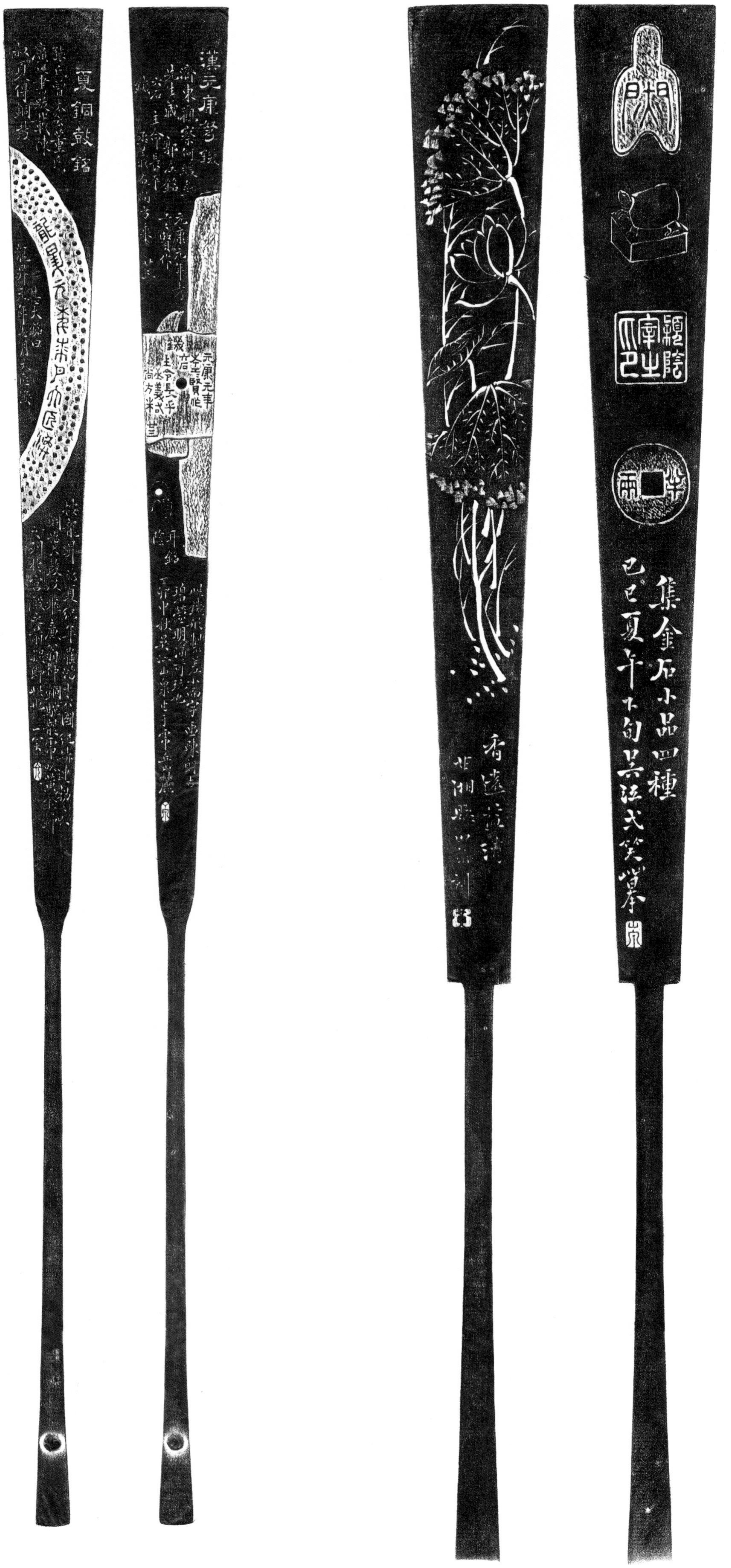
夏銅鼓銘
漢元康鐙銘
香遠益清
集金石小品四種

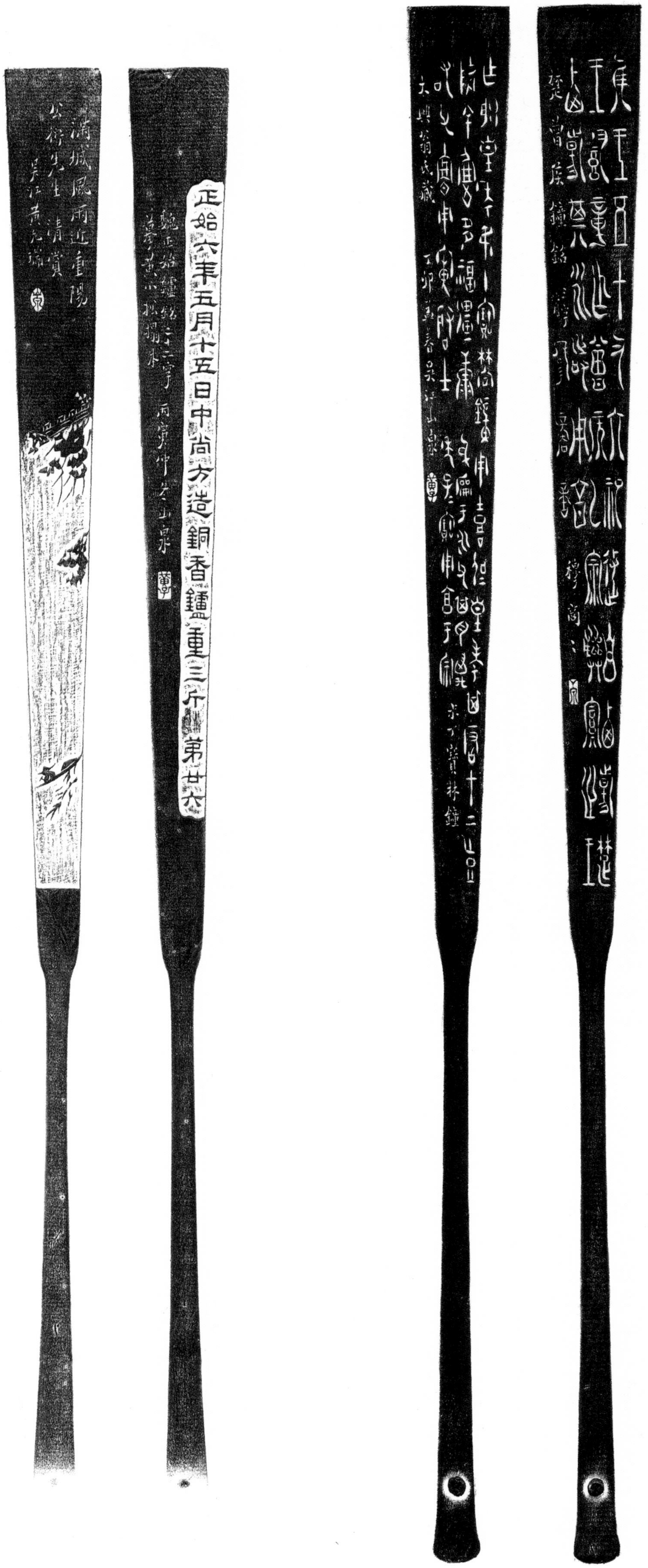

黄山泉

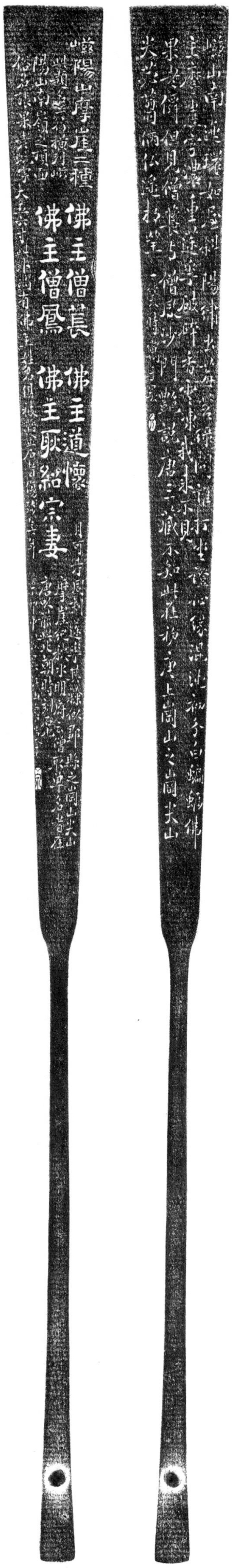

黄山泉

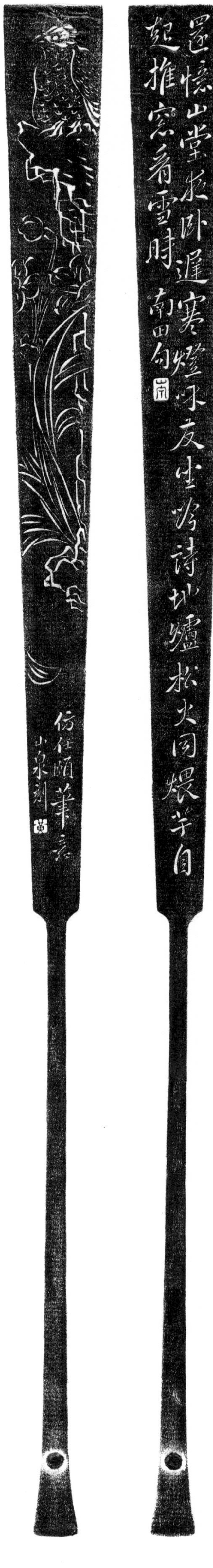

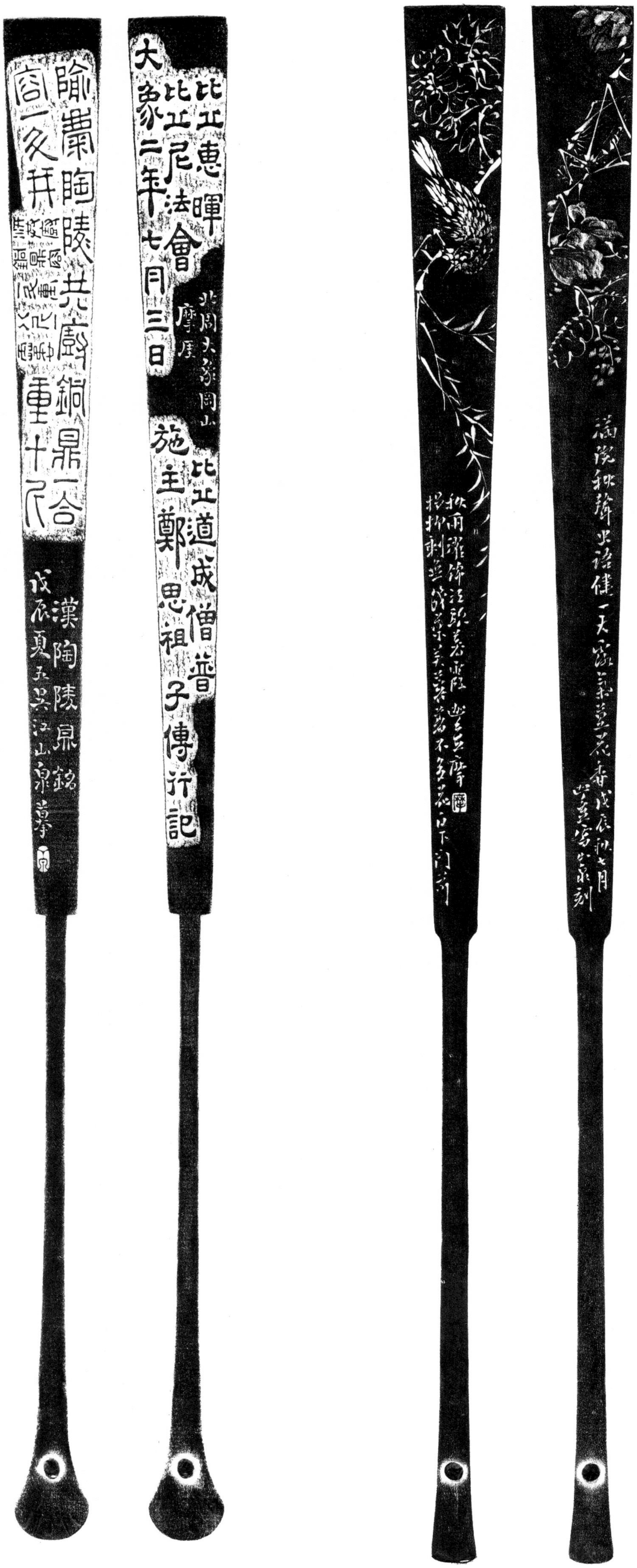
漢陶陵鼎銘
比丘惠暉
比丘尼法會
大象二年七月三日
比丘道成僧晋
施主鄭思祖子傳行記

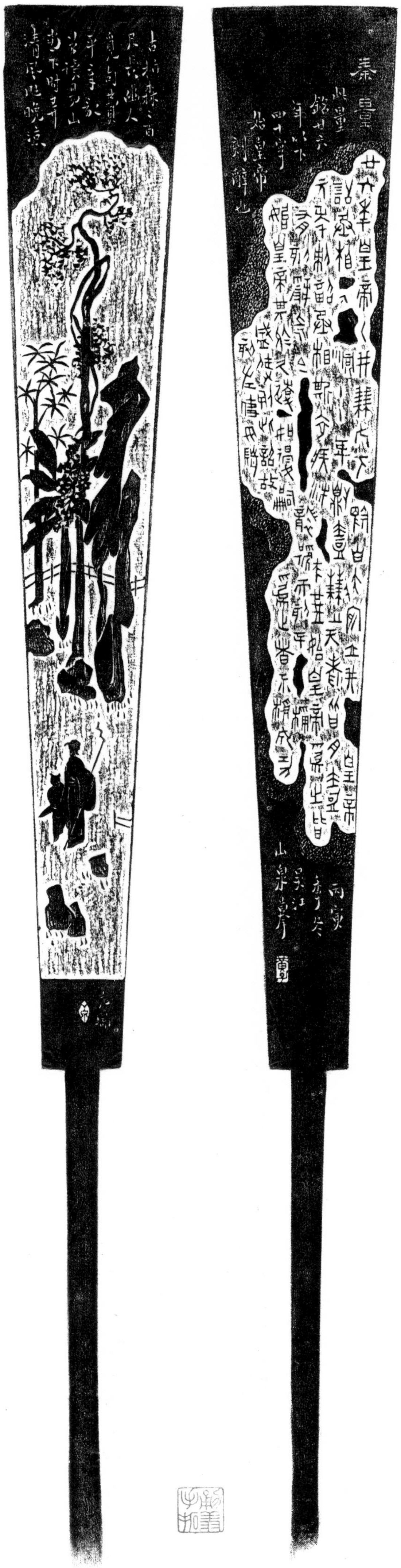

煙樹汀花隔水濱黄鸝聲裏度殘春綠陰遮斷紅塵路
蒹葭溪亭看竹人

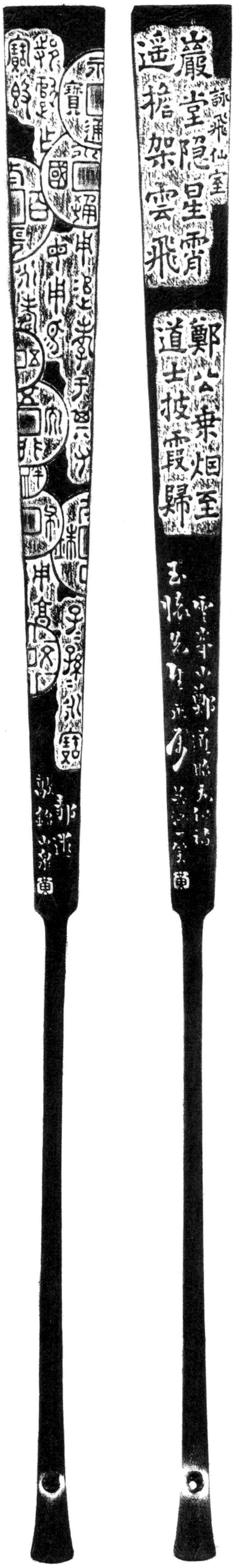
詠飛仙室
巖堂隱星霄
遥搭架雲飛
鄭公秉炬至
道士披霞歸

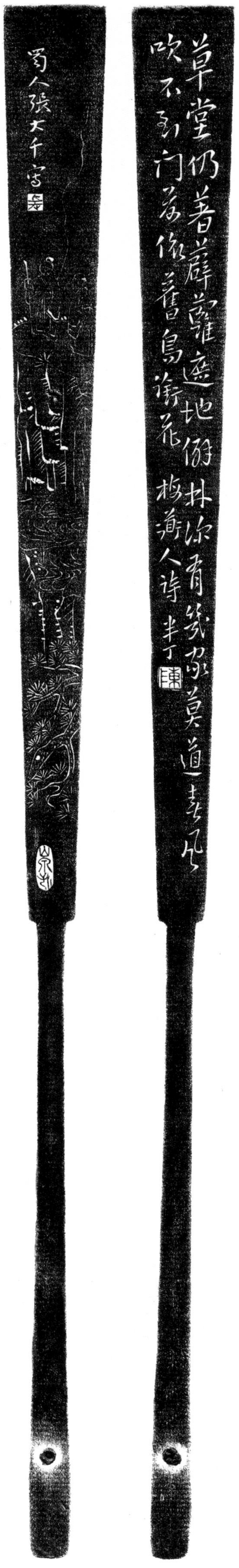
蜀人張大千寫

王杰人（？—？）

字冷舟，浙江山阴人，画师王竹人之弟。工画，精竹刻。尝取湘竹，就其斑刻作花卉人物，留斑去地，俨如墨迹之书画，亦竹刻中别开生面者。

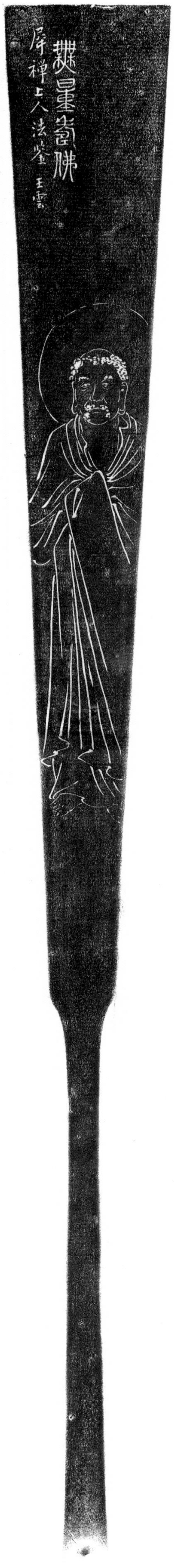

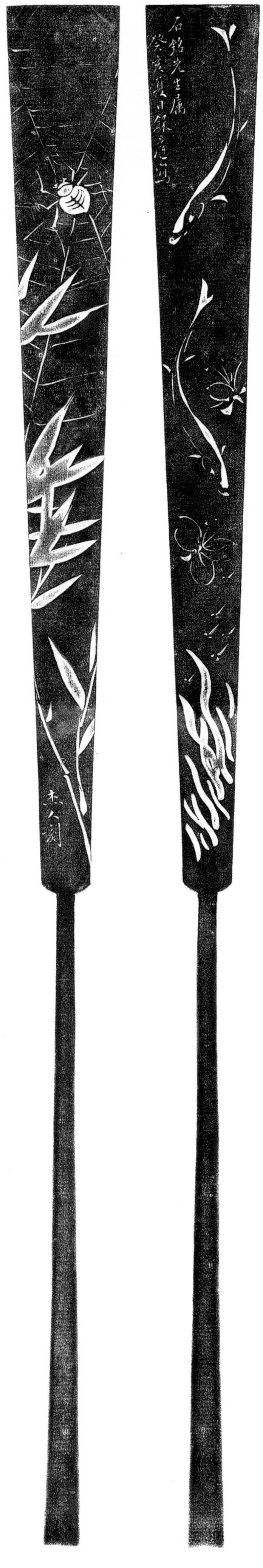

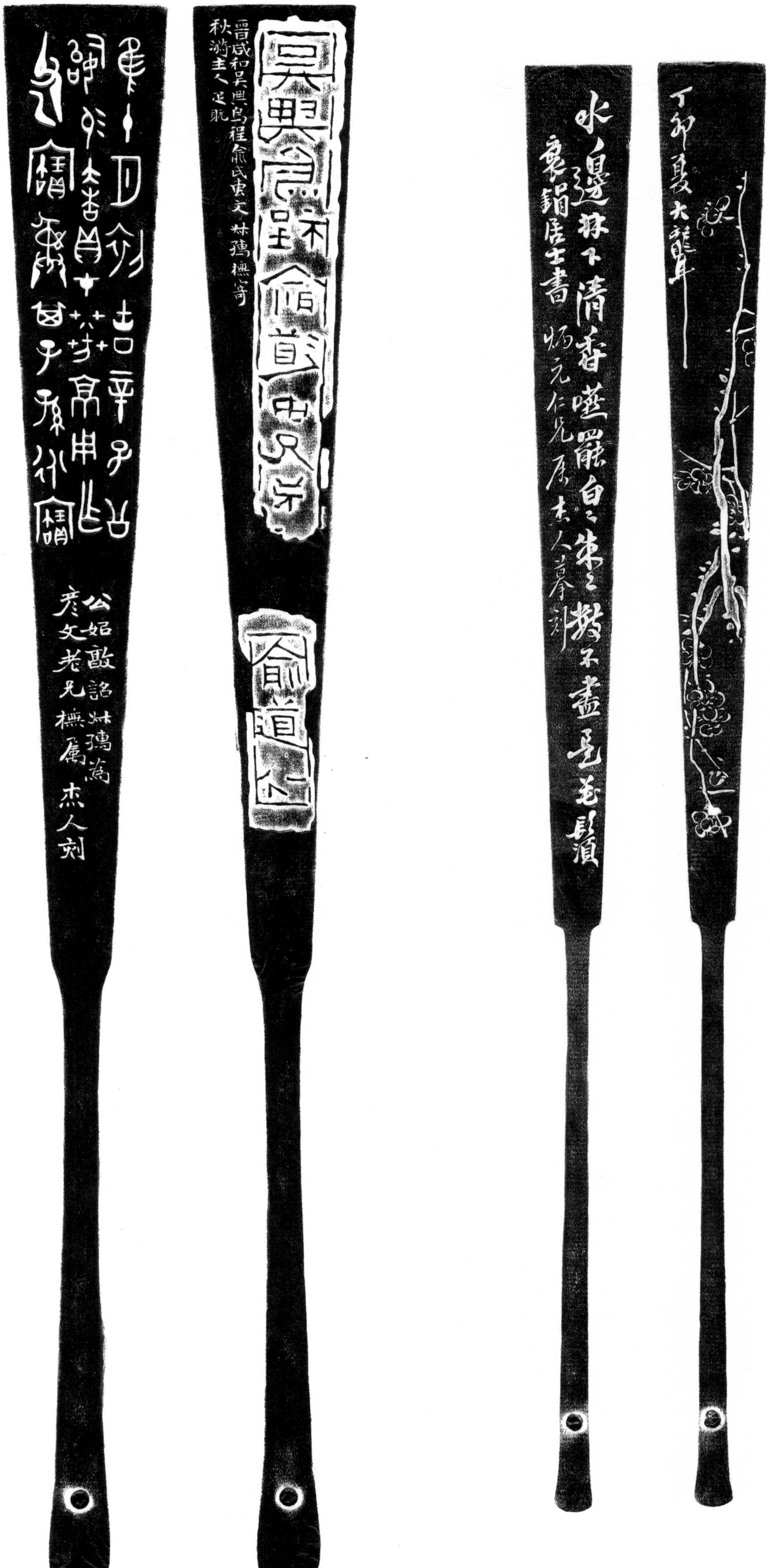
晋咸和吴兴乌程俞氏砖文
秋游主人足玩
杰人刻
裘锠居士书
炳元仁兄属 杰人摹刻

袁馨（？—？）

字椒孙，海昌人。工篆刻，竹木尤佳。浙中以刻竹称者，为椒孙与蔡容庄两人而已。

左倚采旄右蔭桂旗攘皓捥於神滸兮採湍瀨之玄芝余情悅其淑美兮心振蕩而
不怡無良媒以接歡兮託微波以通辭
容壺七兄大人正
任其臨
樹蓀刻
頫誠素之先達兮解玉珮以要之嗟佳人之信脩兮羌習禮而明詩抗瓊珶以和予兮
指潛淵而為期執眷眷之款實兮懼斯靈之我欺
戊午仲秋
王大令洛神賦十三行

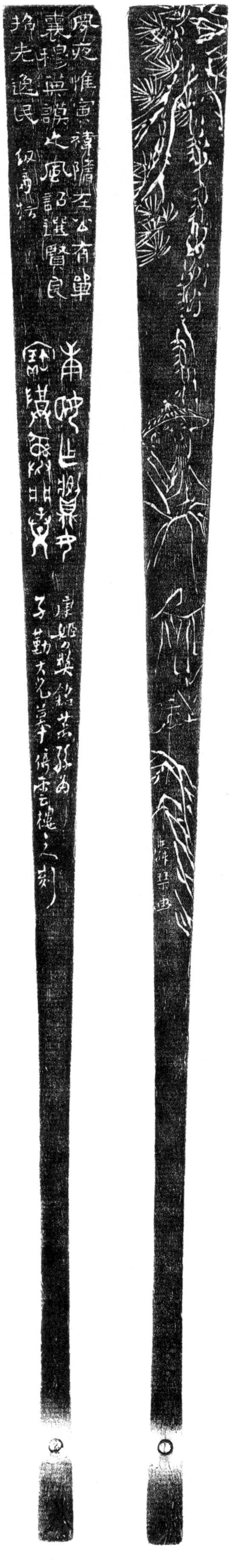

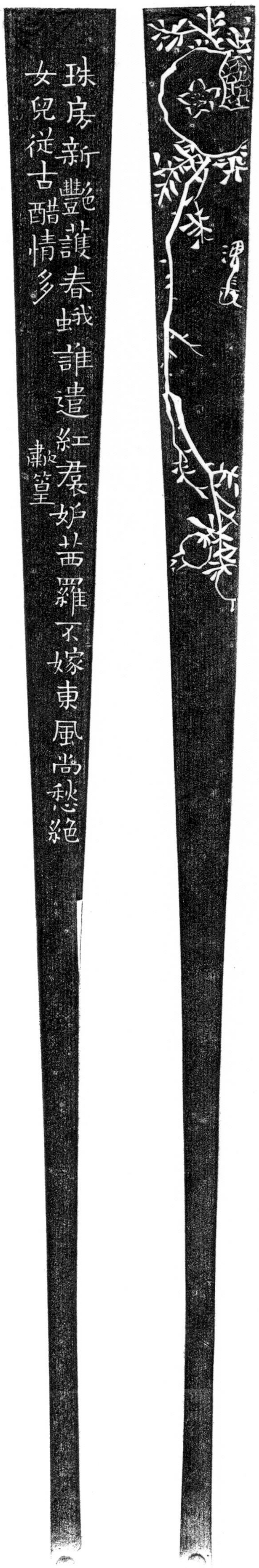

珠房新艷護春蛾誰遣紅裳妬茜羅不嫁東風尚愁絶
女兒從古醋情多
渭長

金之骏（一八四〇—一九〇一）

字通声，号梦吉，又号述庵，别号红柿邨老农、一篑山人，浙江秀水人。工书，学松学，画仿改七香。工刻竹，流丽无匠气。《广印人传》：善人物花卉，篆刻专宗浙派。

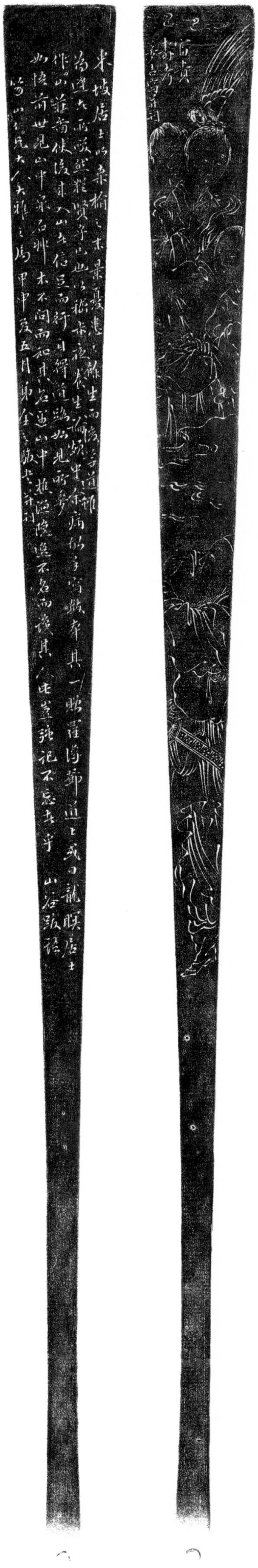

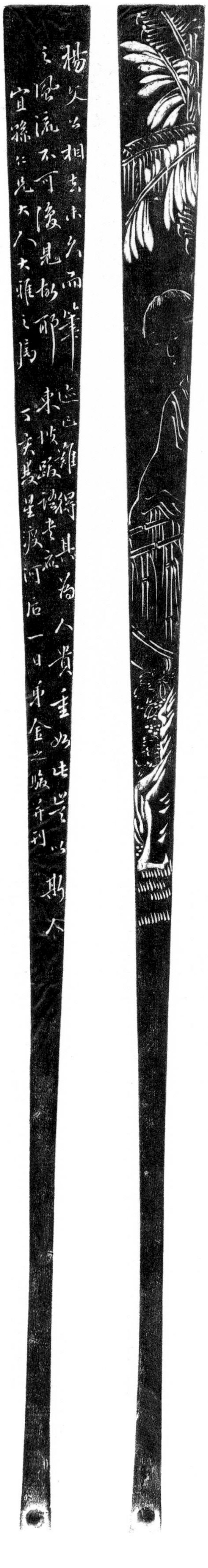

金之骏

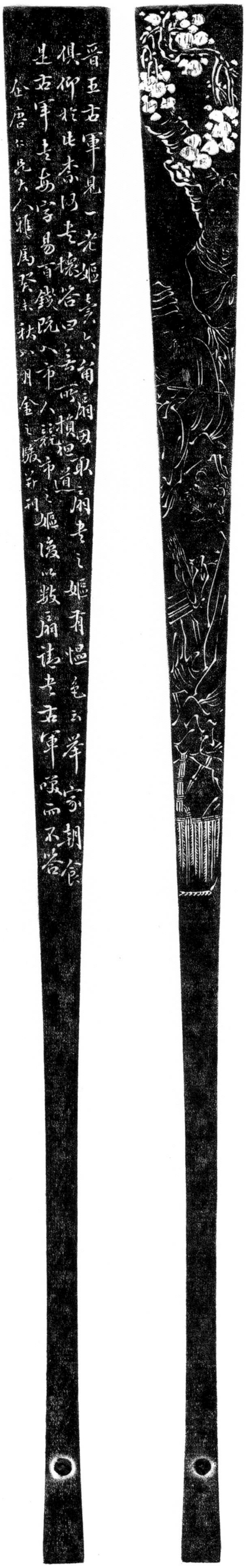

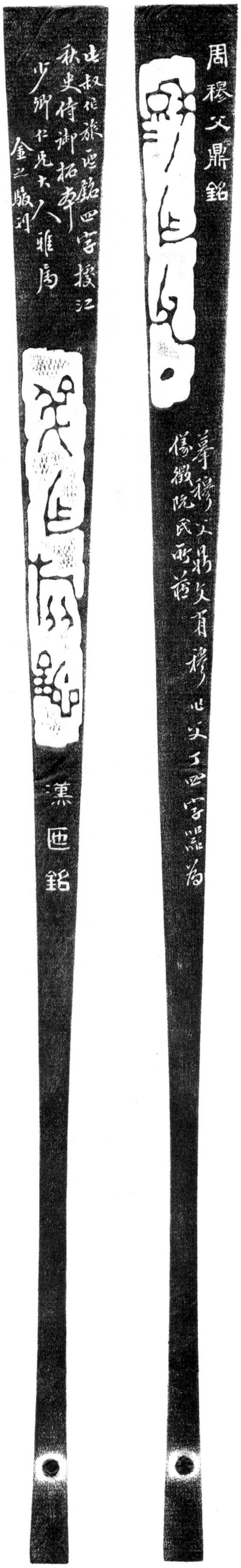
周穆父鼎銘
漢匜銘

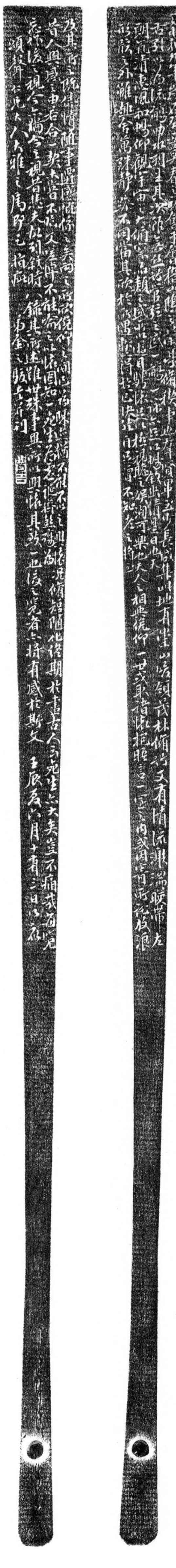

金之骏

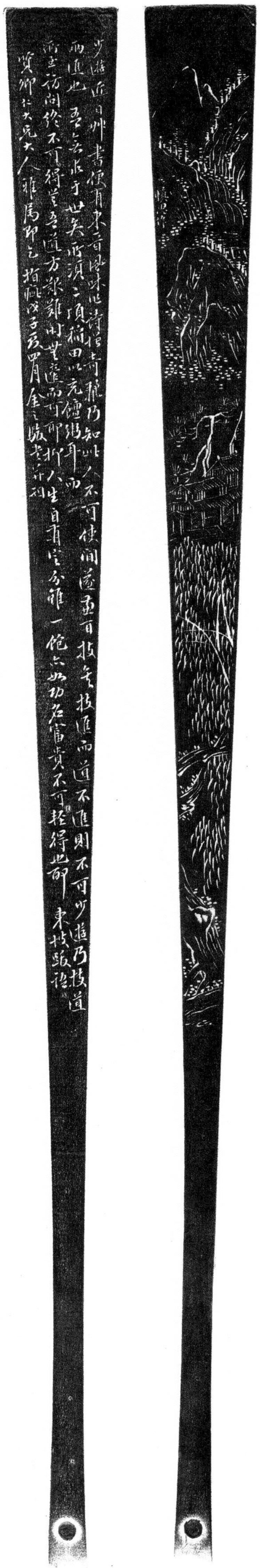

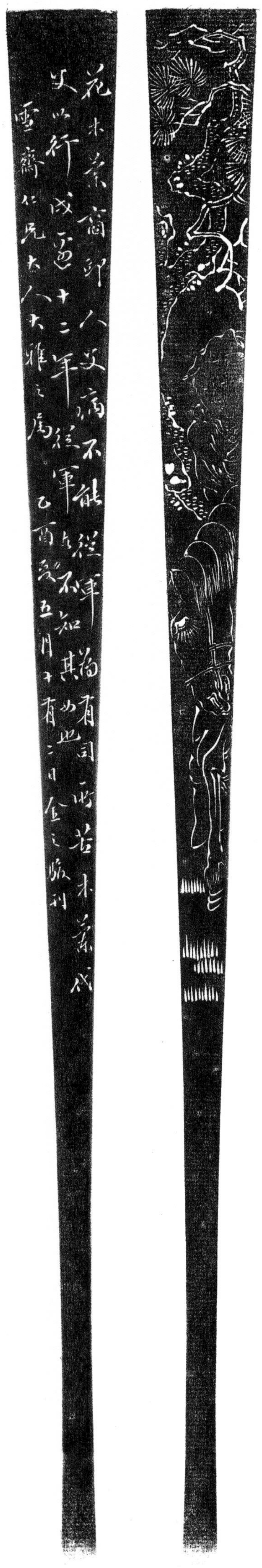

金之骏

金桂芬（？—？）

自小就受到先祖金之骏的影响。金桂芬在苦练操刀的同时，还相当注重文化学习，琴棋书画无一不精。成年后，其刀法娴熟，『粗如刀劈，细若游丝』，每逢镌刻，人们形容其作品与原作『毫厘不错、形神兼备』，独步江南。

任远（?—?）

字功尹，浙江萧山人。寓吴县（今属江苏苏州）。善花卉。

张庆荣（？—？）

字稚春。廷济子。道光二十六年（一八四六）解元。书法得父传。朱锦春曰：诗文书法，并得叔未先生之传。

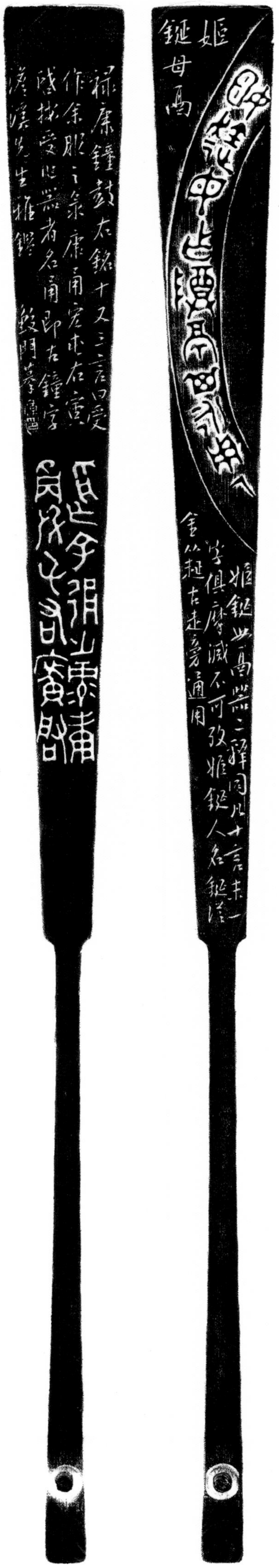

韩潮（活动于清嘉庆道光年间）

字鲛门，一作蛟门，归安（今属浙江湖州）人。工篆刻，以擅刻书法称著于时，行、楷俱佳，尤精刻竹股，扇边骨小行楷可作数百字，圆转自如，擅摹钟鼎款识，阴阳文浑朴无比，亦专金石文考据。偶作写意花卉，略得新罗风韵。

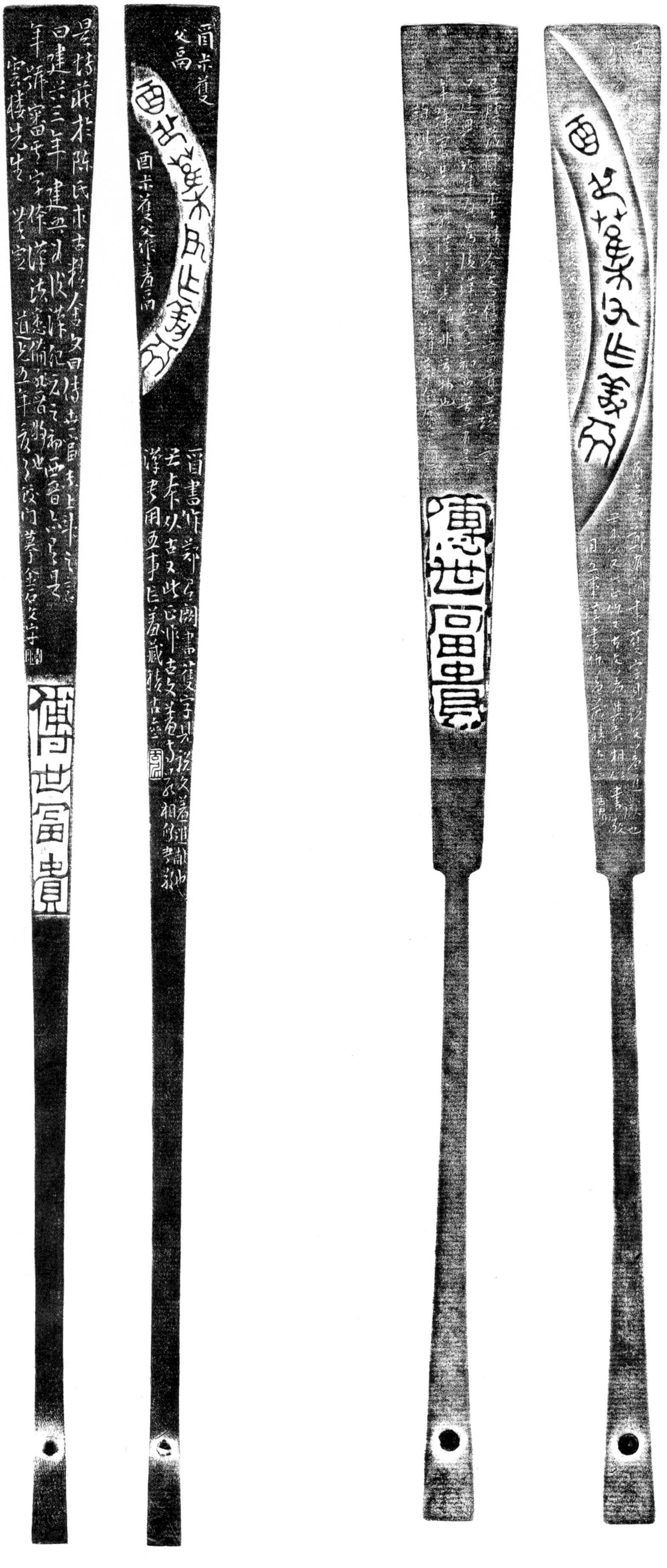
傳世富貴

韩潮

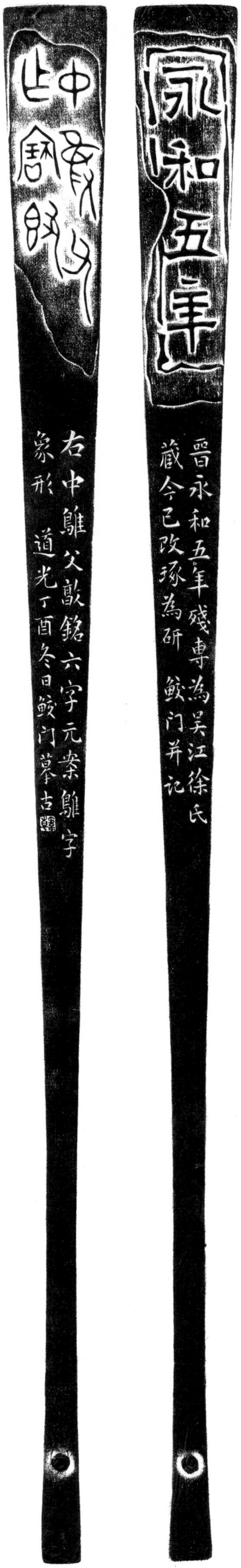
永和五年
晋永和五年残専為吴江徐氏藏今已改琢為研 鲍门并记
右中雝父畝銘六字元案雝字象形 道光丁酉冬日鲍门摹古

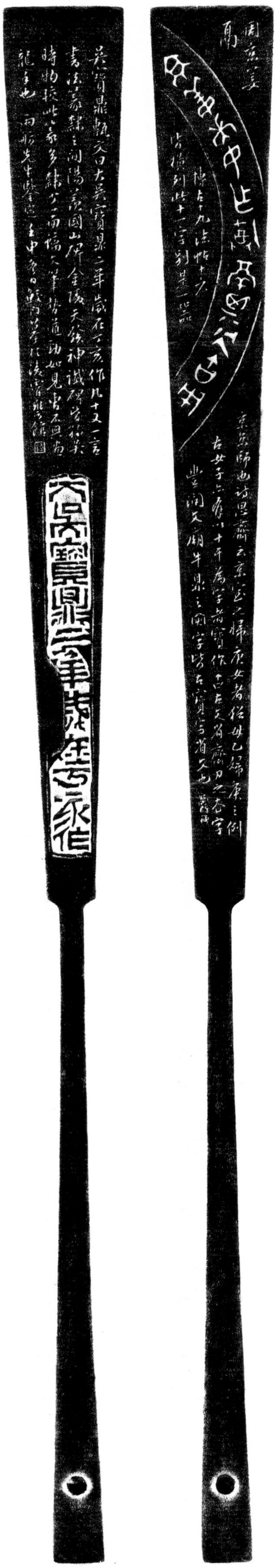

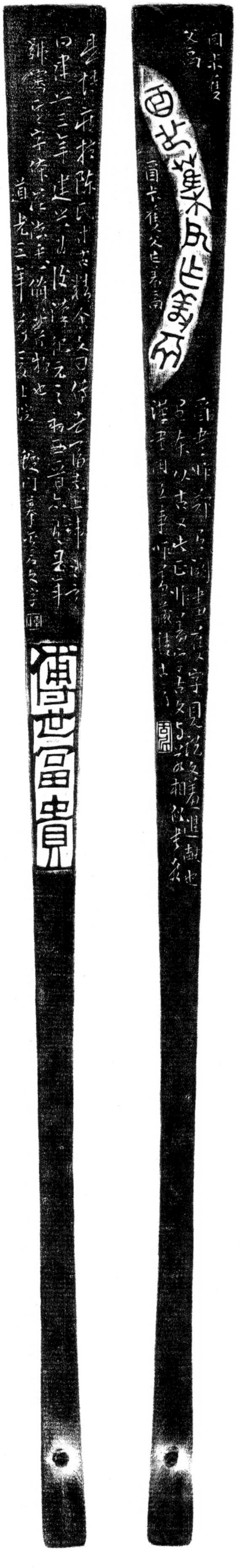
傳世富貴

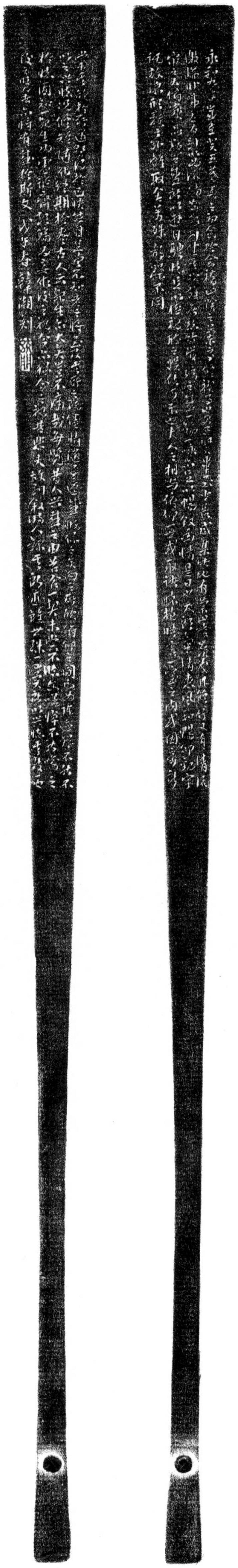

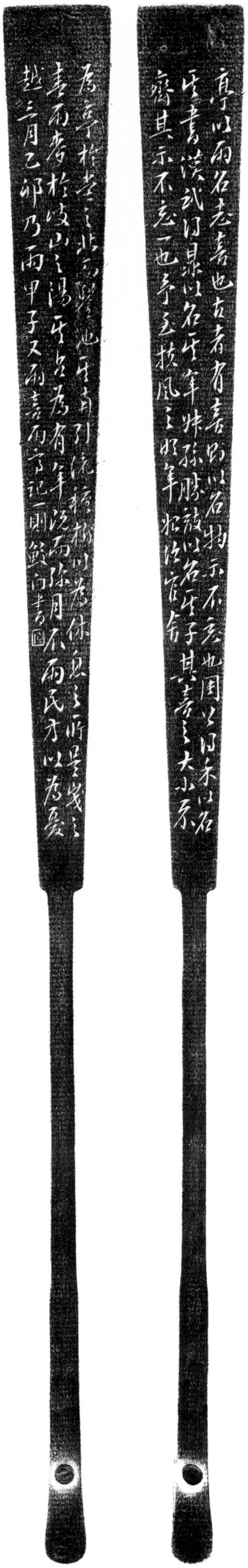

赵 淇（？—？）

字竹宾，江苏扬州仪征人。先从王小某学书画人物，衣褶殊有古意。精刻竹，仿濮仲谦，浅刻于扇边，工细人物，须眉衣褶，栩栩如生，时称浅雕巨手。小楷摹赵孟頫，寻常扇边，刻至十行，殊可爱玩。

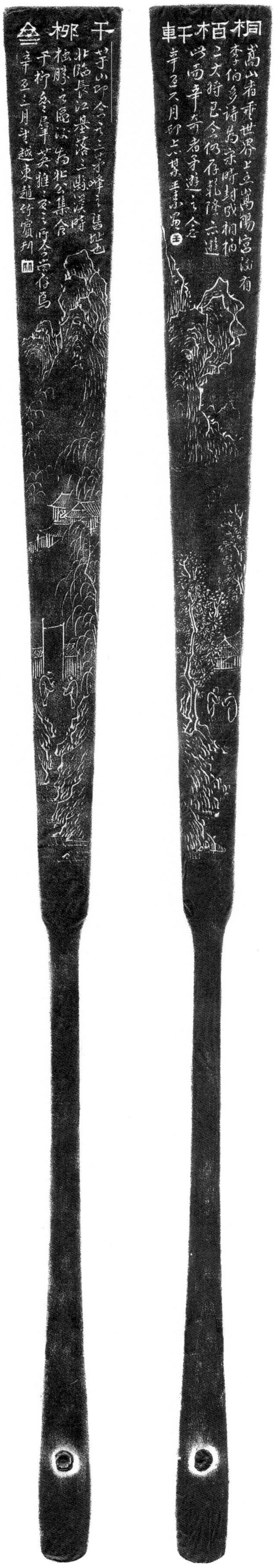

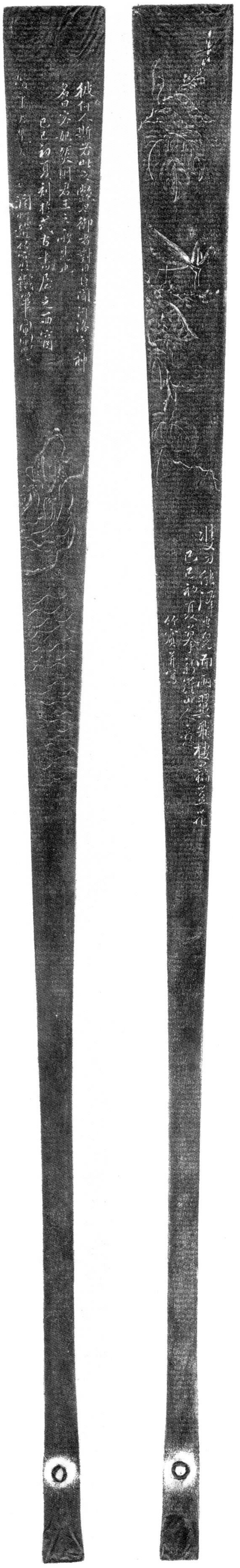

赵淇

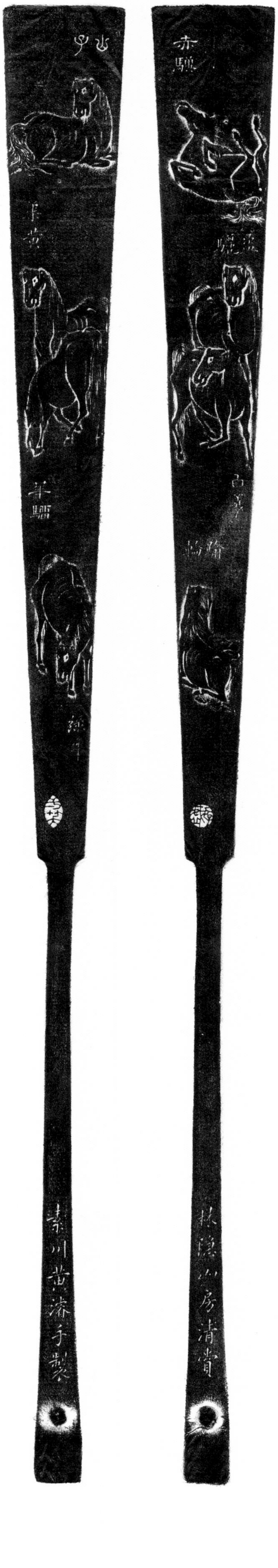

黄 浚（？—？）

字壹舟，号四素老人。清道光年间进士，太平县人。工书画。

愛閒先生屬
素川

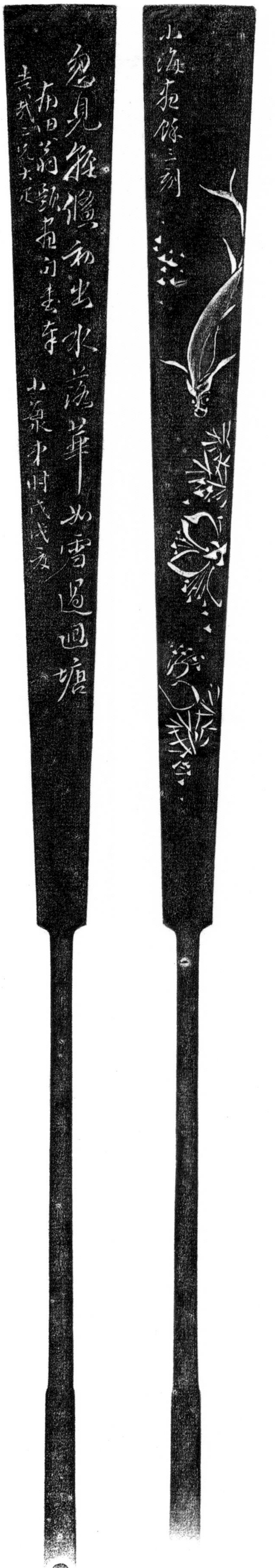

岳鸿庆（活动于清道光咸丰年间）

字余三，浙江嘉兴人，清诸生。倦翁二十二世孙。工刻竹。喜吟结社倡酬，晚专集唐人诗，著有《余三集》《宝爵堂诗钞》。小印铁笔与曹山彦齐名。

张石友（?—?）

以字行，别号简斋，江苏无锡人。好摹刻碑碣印章。尤精刻竹。

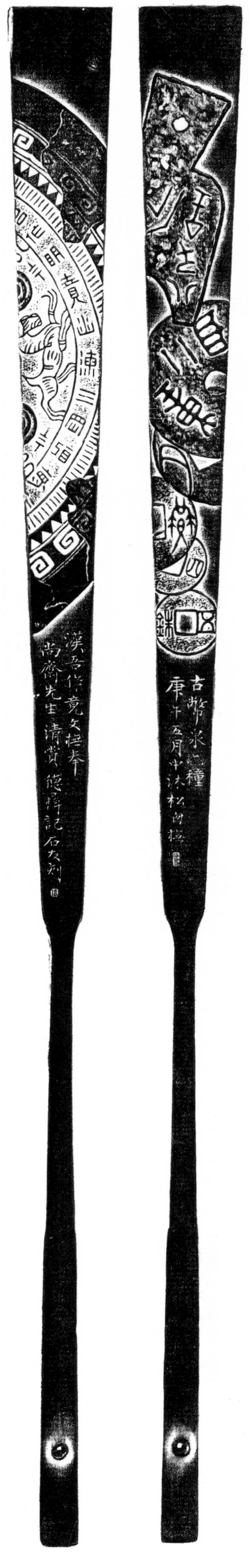
漢吾作竟文拓本
尚齋先生清賞
石友刻
古幣泉種
庚午五月中浣松如拓

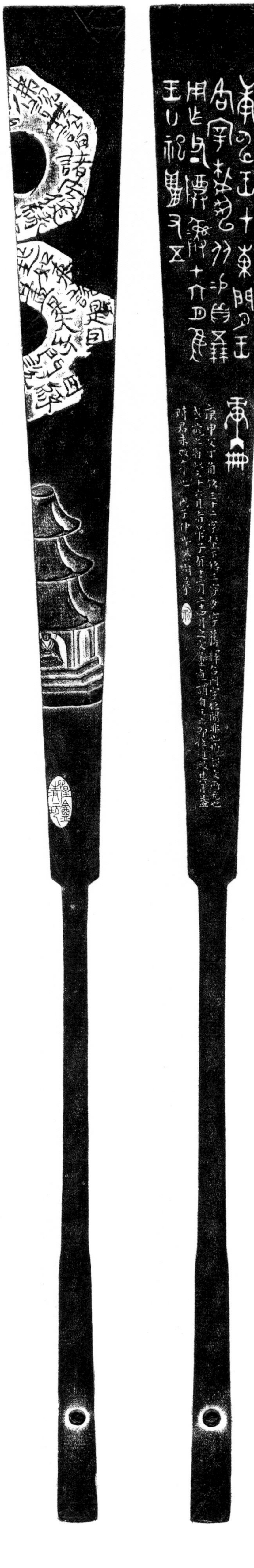

周 礼（活动于清晚期）

字子和，号致和，江苏长州人。王石香入室弟子。刻竹摹金文字，极为精工老到，有书卷气。

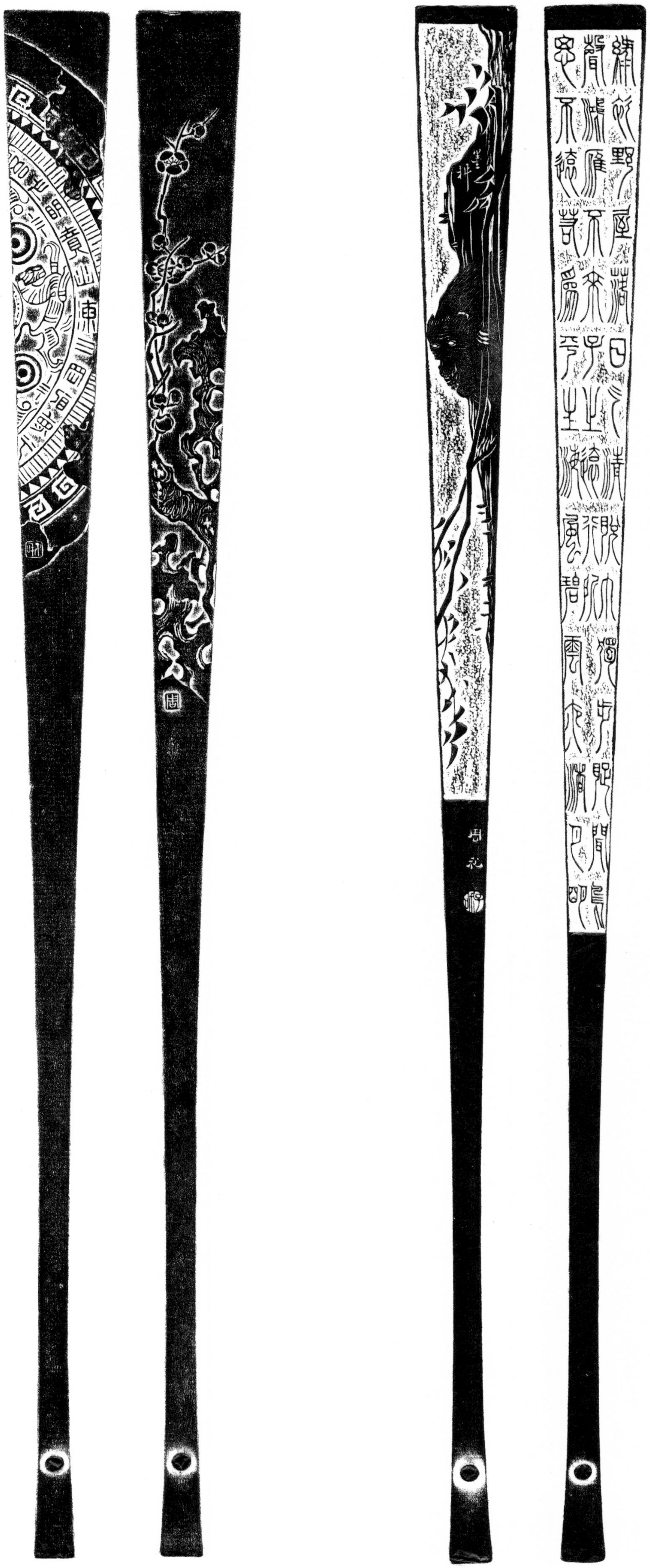

周礼

常得意美人會芋　曰有憙月有當樂無事

琴火侍

風芭後翔舍梅枏意　此四輕雪言松揭艷隔付多号

然瑚弇刊

江渚暮潮初落風林霜葉渾稀倚枕柴門澗水懷人山

色依微

心蘭道兄擂藏

此懷費念慈鎌雲林詩

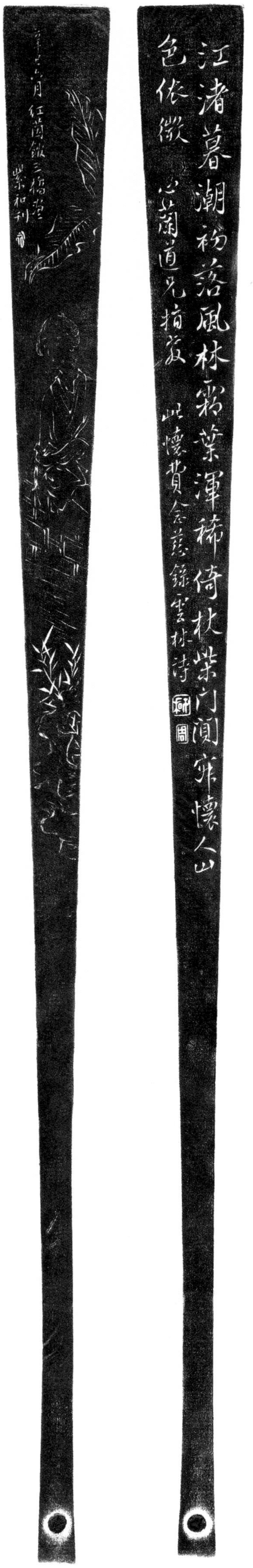

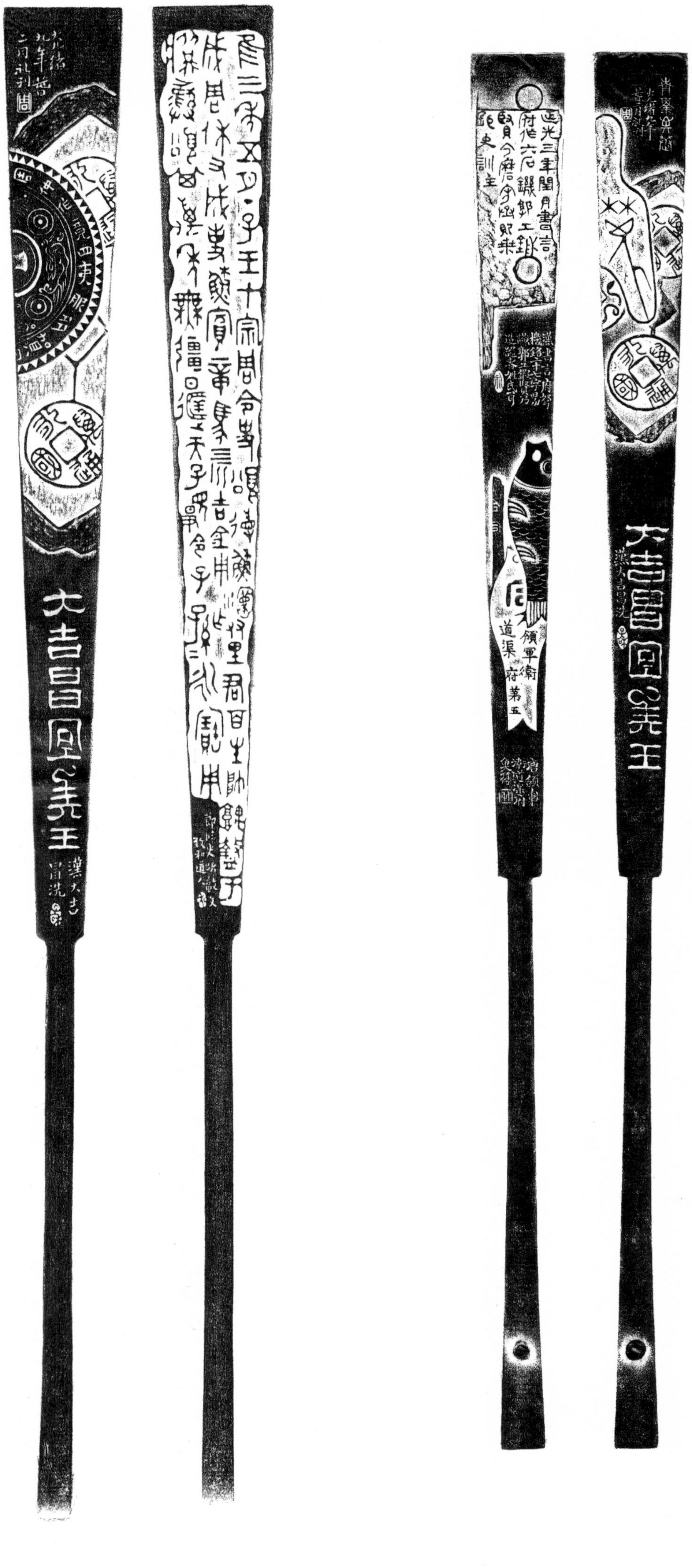

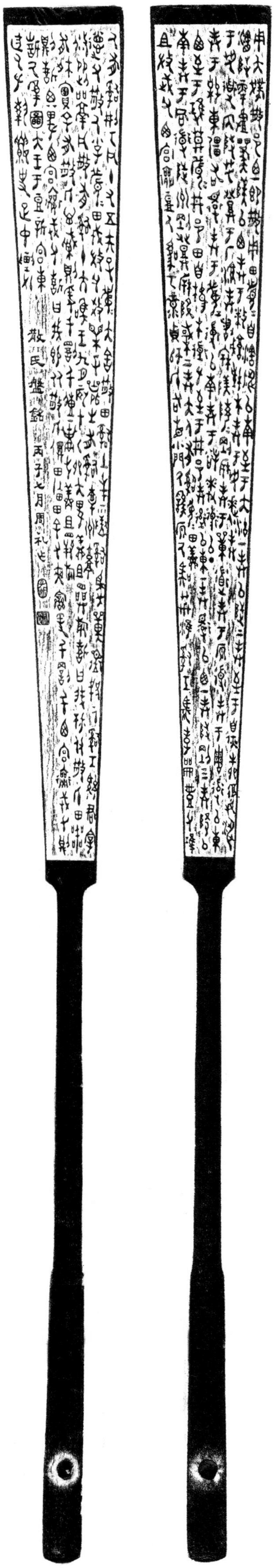

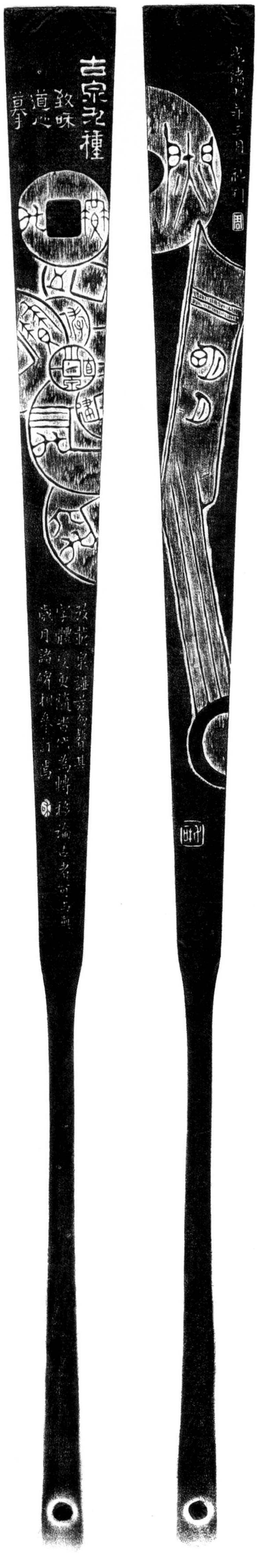

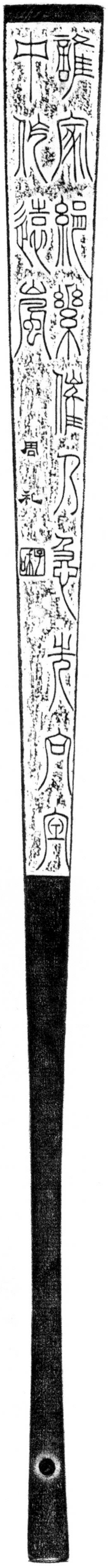
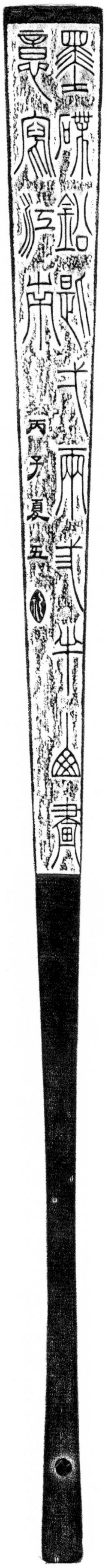

周礼

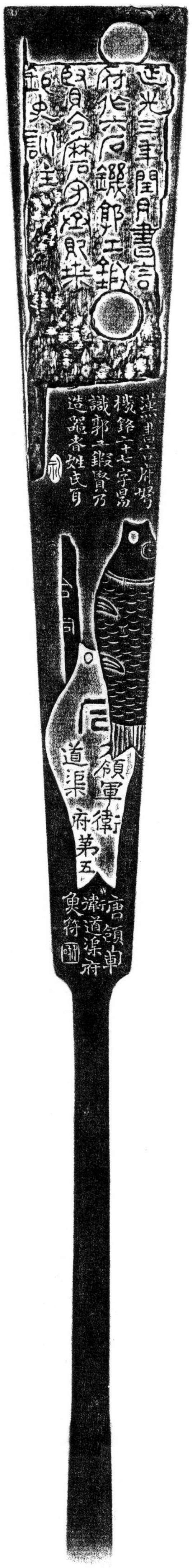

周礼

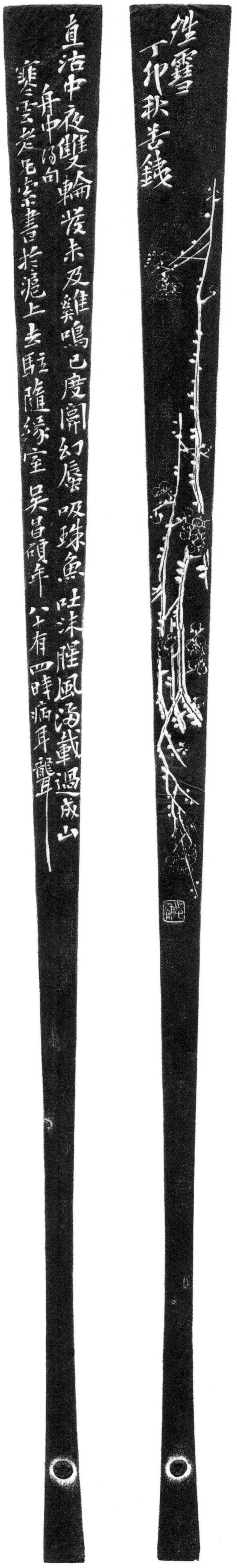

吴昌硕（一八四四—一九二七）

初名俊，后改俊卿，中年更字苍石、昌硕，得友人所赠古缶，故号缶道人。浙江安吉人，二十二岁中秀才。工花卉、人物、山水。尤擅大写意花鸟，初学赵之谦、任伯年，后上溯扬州八怪、石涛、八大山人、陈淳、徐渭等，融诸家之意而自成一派。篆书喜写石鼓文，笔力劲健，结字古拙。又以篆书笔法作草书，超拔不俗。具雄直气。精金石篆刻，初从浙、皖派诸家入手，上溯秦汉印，不蹈常规，钝刀硬入，朴茂苍劲，曲尽造化之功。与虚谷、蒲华、任伯年人称『清末海派四杰』，为当时公认的画坛、印坛领袖，影响巨大。早年曾从俞樾学诗词及文字训诂。光绪八年（一八八二）移居苏州。曾任安东县令，一月辞归。尝与任伯年、蒲华等出入飞丹阁作艺术交流活动，又参加豫园书画善会，曾任海上题襟馆金石书画会会长、西泠印社社长。民国元年（一九一二）夏自苏州移家定居上海。著有《缶庐集》《缶庐印存》，出版有《吴昌硕画集》等。次子吴涵、三子吴东迈，均善书画、篆刻。弟子众多，有陈师曾、赵子云、王个簃、潘天寿、诸闻韵、诸乐三、沙孟海等。

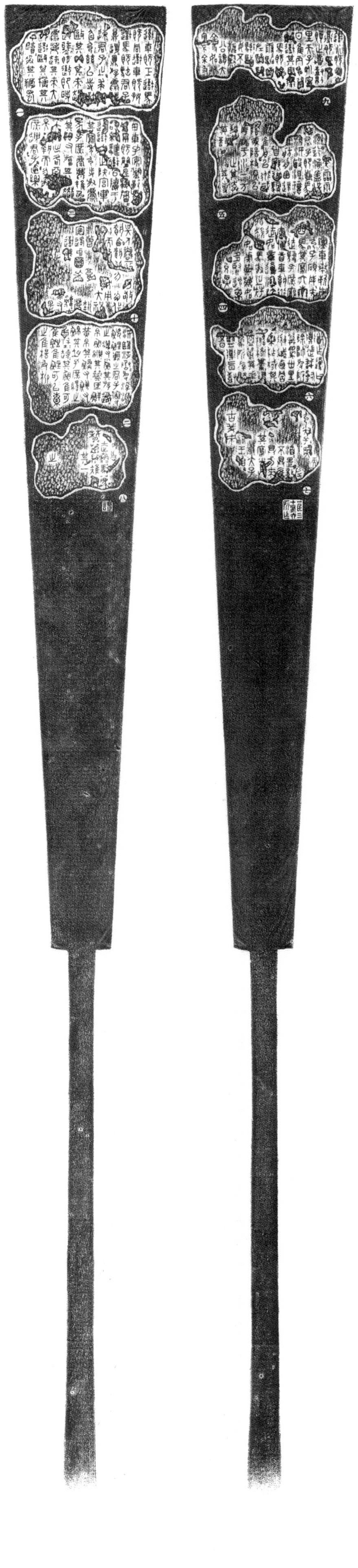

谭维德（？—一九三七）

字一民。安徽合肥人，后寓居苏州。工篆刻，擅长刻竹，善于扇骨上摹刻钟鼎文字，缩为小阳文，不失神韵，尤以摹刻古钱币为精绝。有《谭一民刻扇拓本》传世。

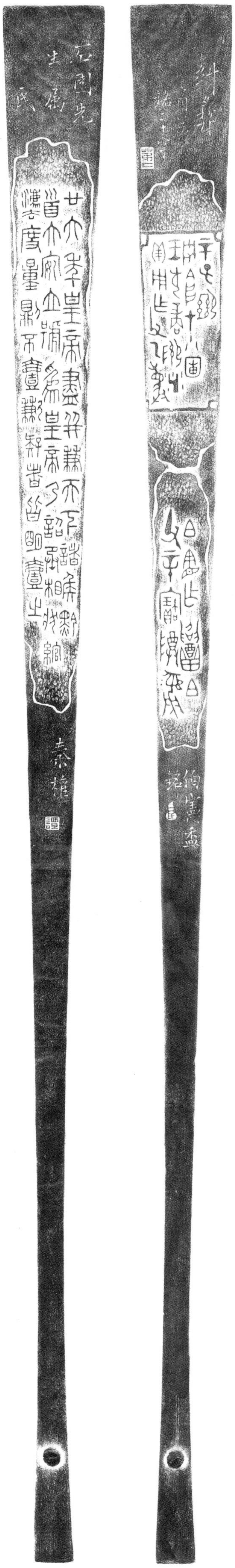

谭维德

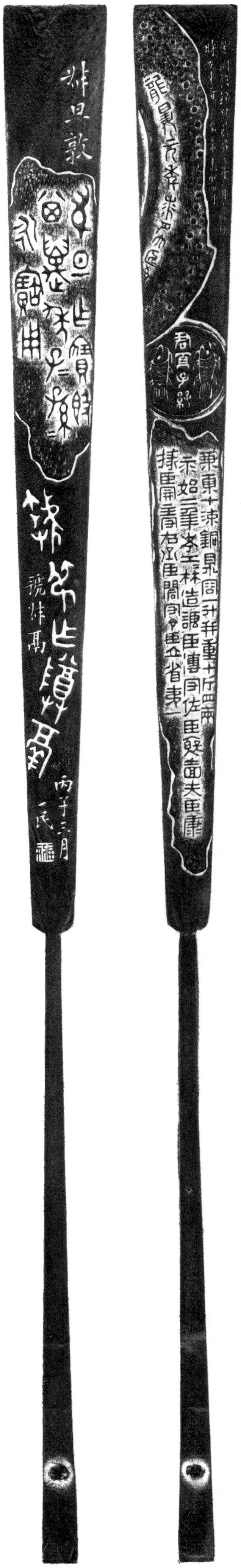

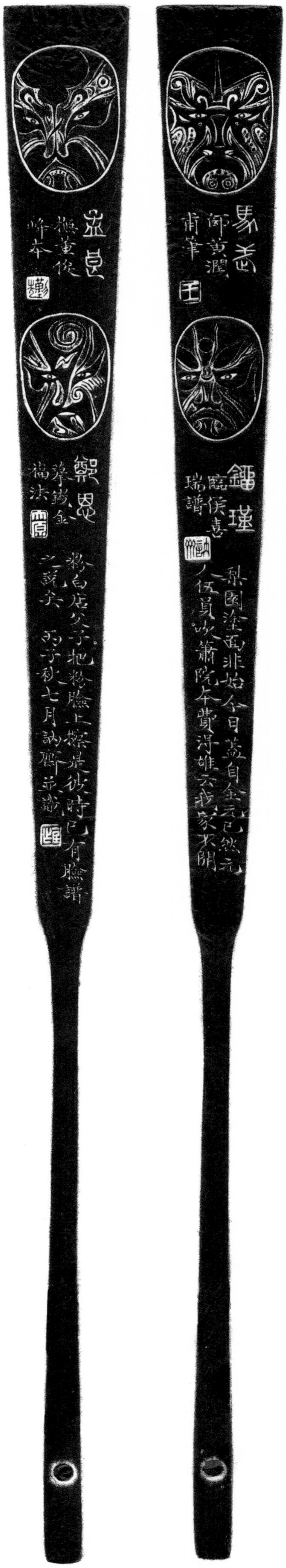

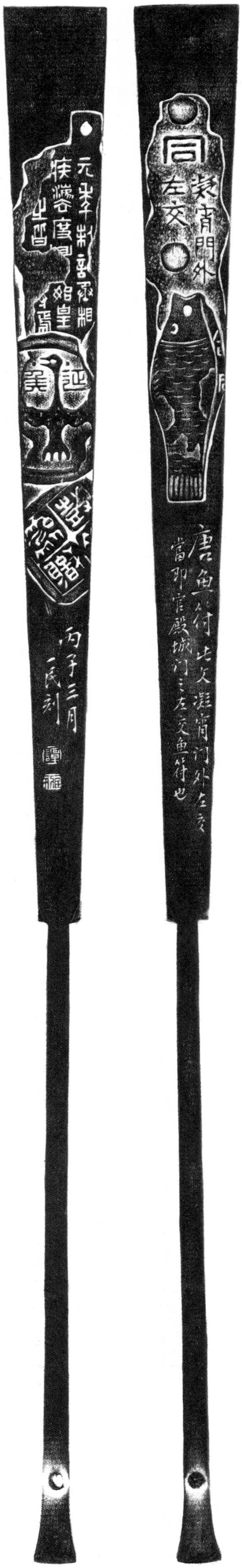
唐鱼符 此文凝宵门外左交
當即宫殿城门之左交鱼符也
丙子三月
一民刻

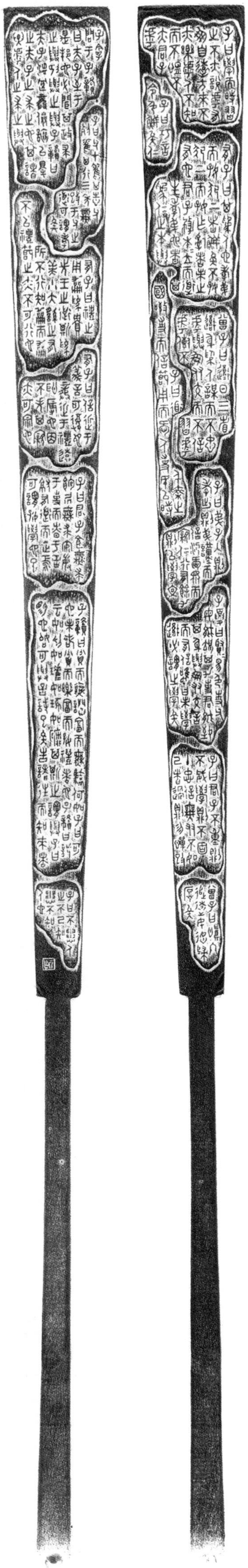

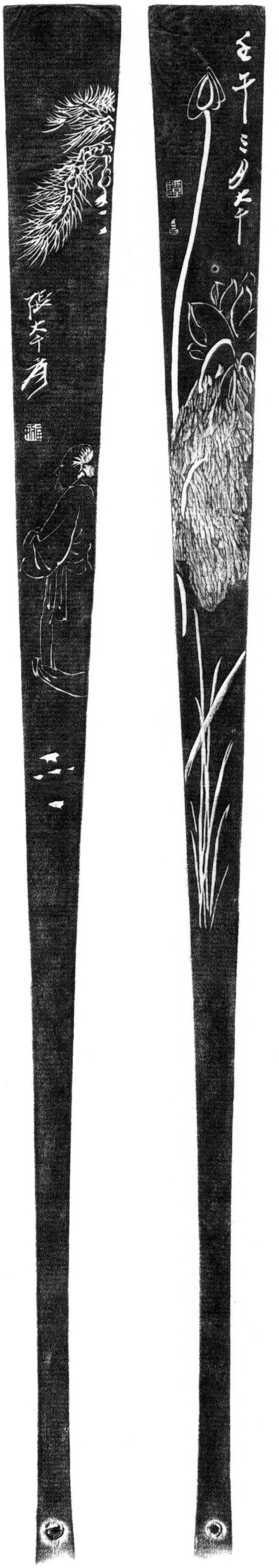

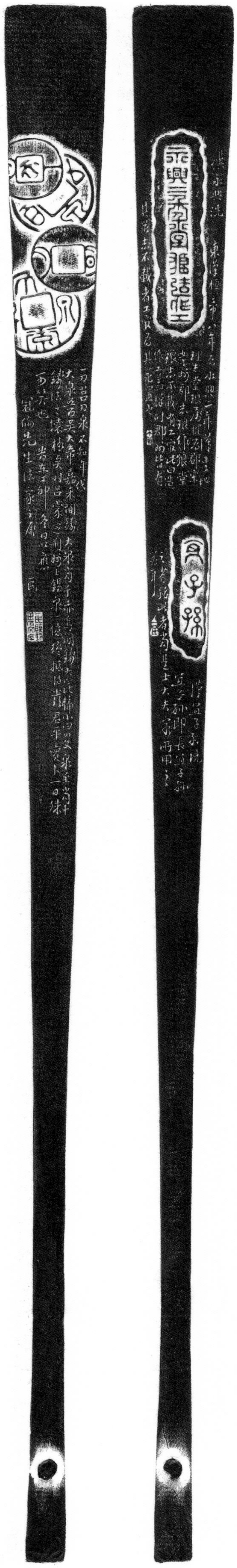

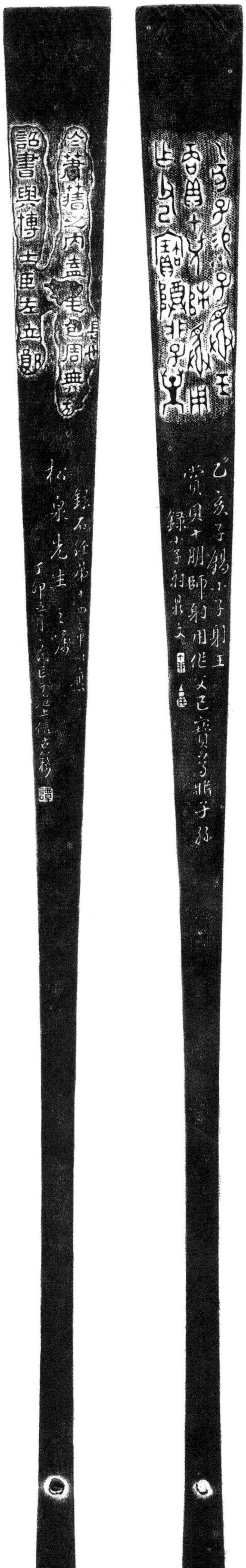

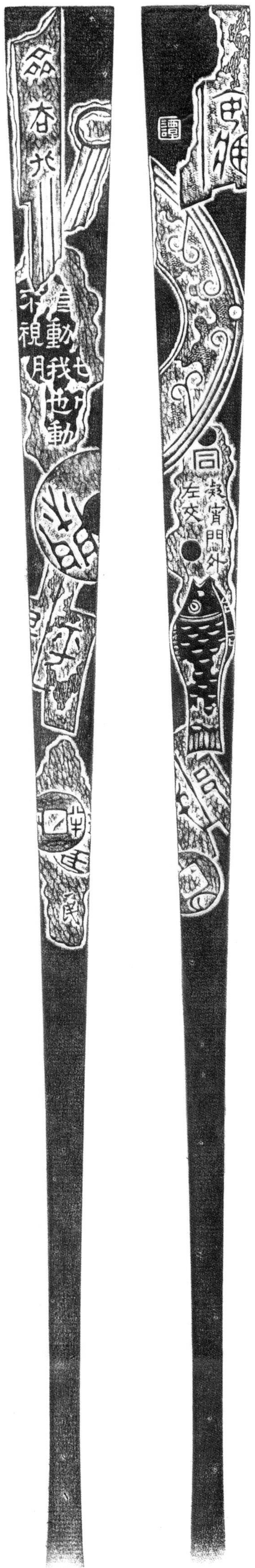

谭维德

谭维德

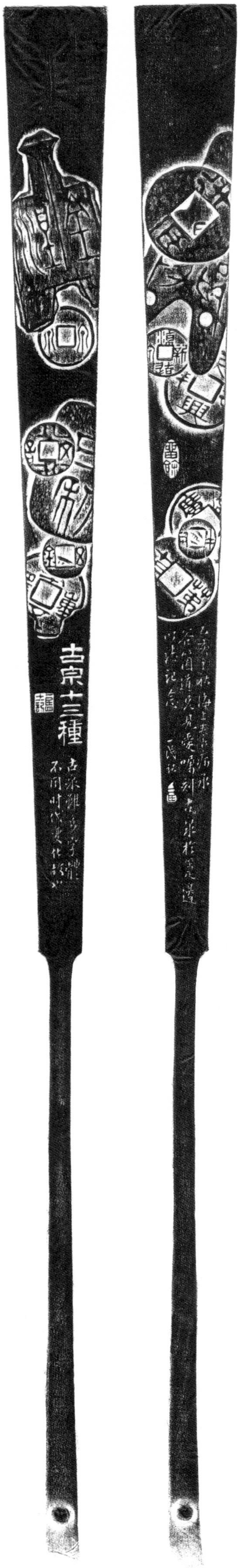
古泉十三種

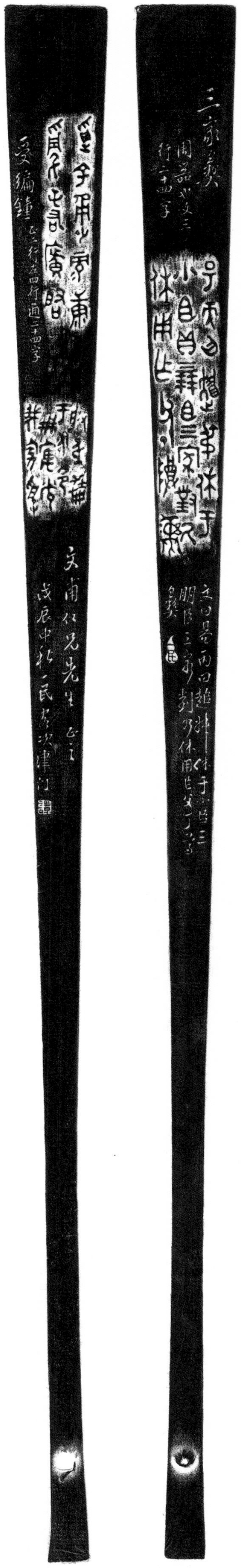

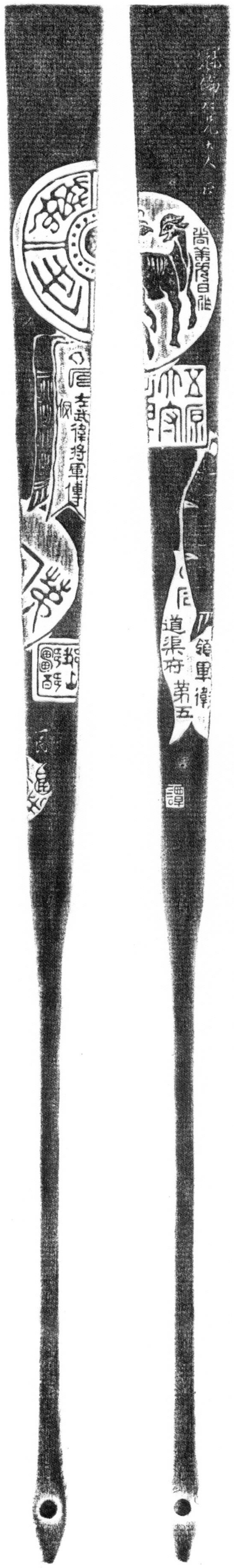

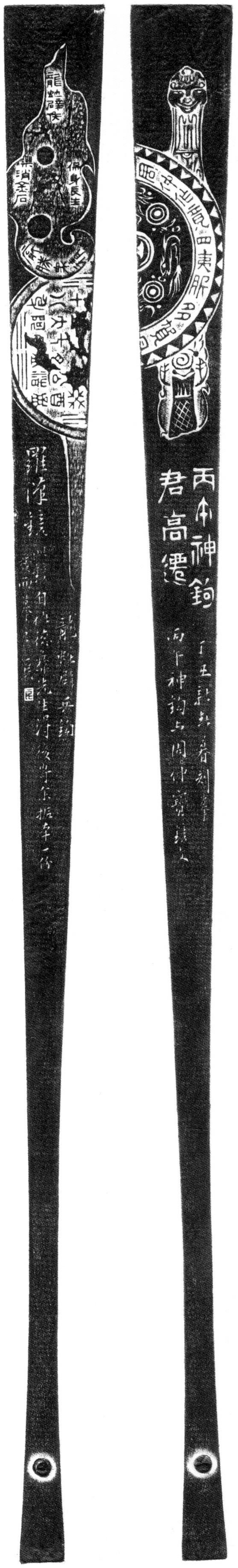

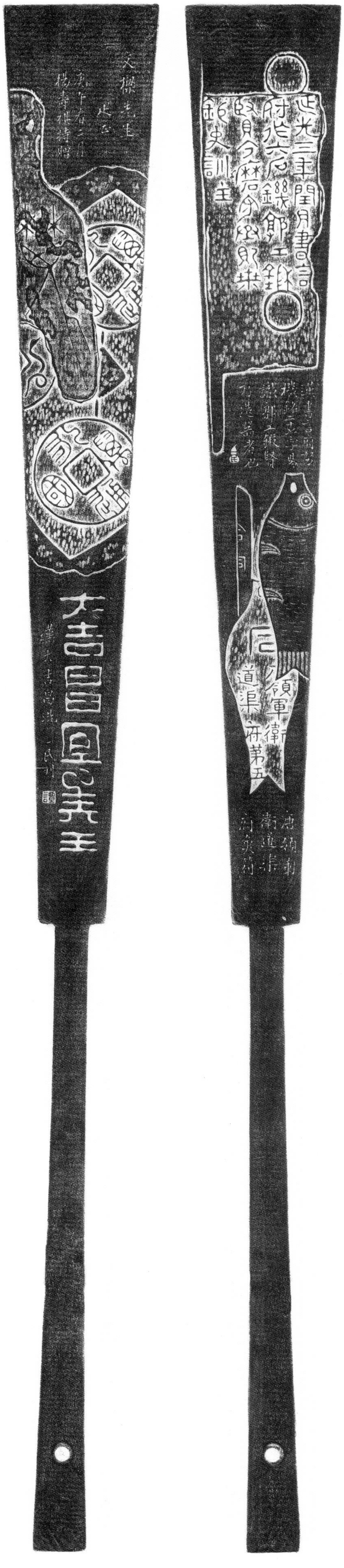

集贤仙客问生涯买得渔舟玩岁华案有黄庭尊有酒少风波处便为家 辛未荷夏

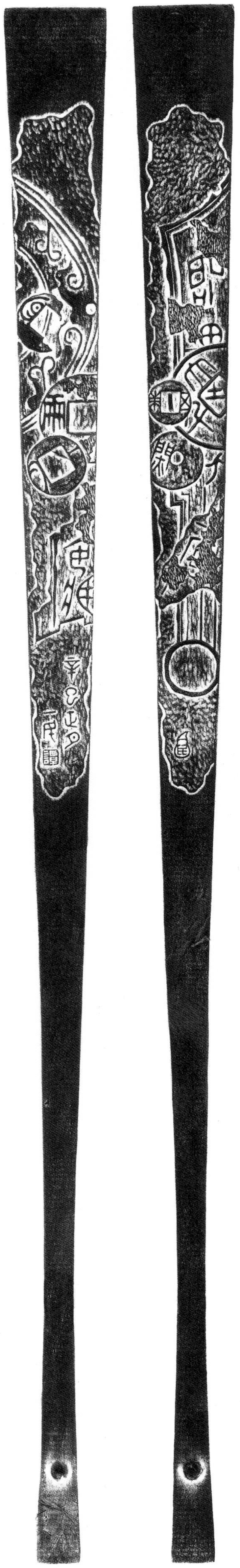

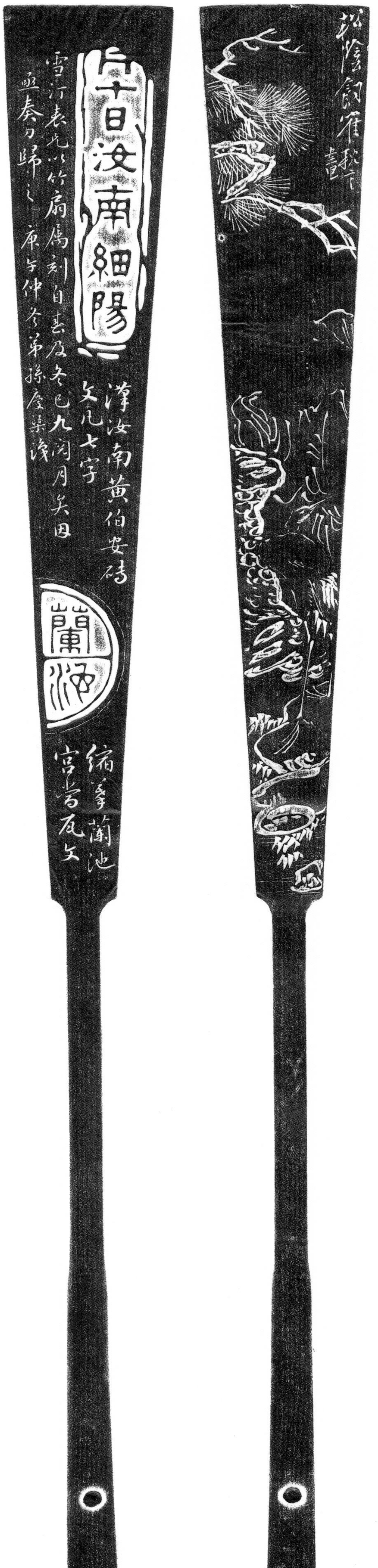

孙庆渠（？—？）

字箬轩。桐乡人。工篆书，善钟鼎，兼精铁笔，为赏鉴家所称。

于啸仙（活动于清晚期）

名宗庆，江苏江都人。工书画，善镌刻，尤以微刻著名，能于宽三寸许之象牙扇骨上刻小行楷二十行，细若蝇头，非显微镜不能晰，神乎其技。

于啸仙

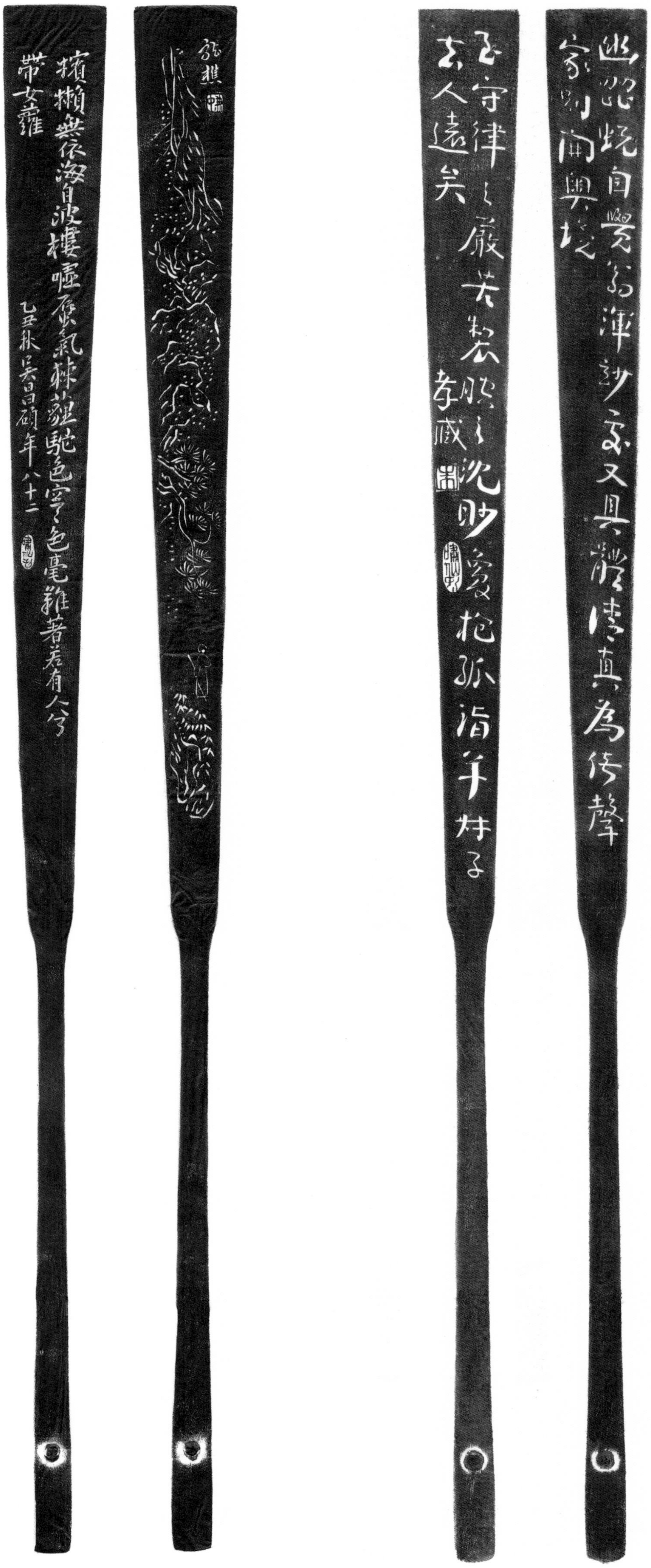

乙丑秋吳昌碩年八十二
大千張爰
鏡汀畫
金城

且谓在六经中惟春秋可当盖尹本深于春秋也
陆润庠
蜀人张大千写

王大炘（一八六九—一九二四）

字冠山，号冰铁、巏山民，斋名、南齐石室。吴县（今属江苏苏州）人。寓居上海。工篆刻，初宗浙派，后师秦、汉，兼及皖派诸家，名噪一时，精于金石考据，与吴昌硕（苦铁）、铁崖（瘦铁）并称『江南三铁』（或『海上三铁』）。一九一二年辑自刻印成《王冰铁印存》，著有《金石文字综》《匋斋吉金考释》《缪篆分韵补》《印话》《近世文字综》《石鼓文业释》等。擅竹刻。

徐熙（活动于同治光绪年间）

字翰卿，号斗庐、斗庐子，清同治光绪年间长洲（今江苏苏州）人，一说浙江绍兴人。

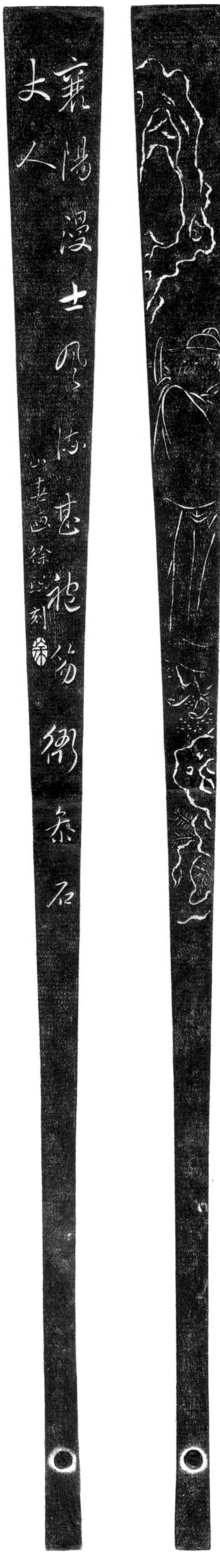

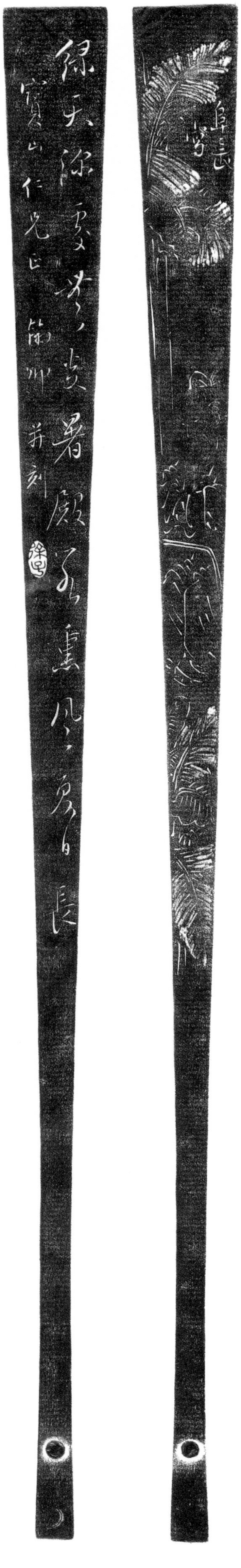

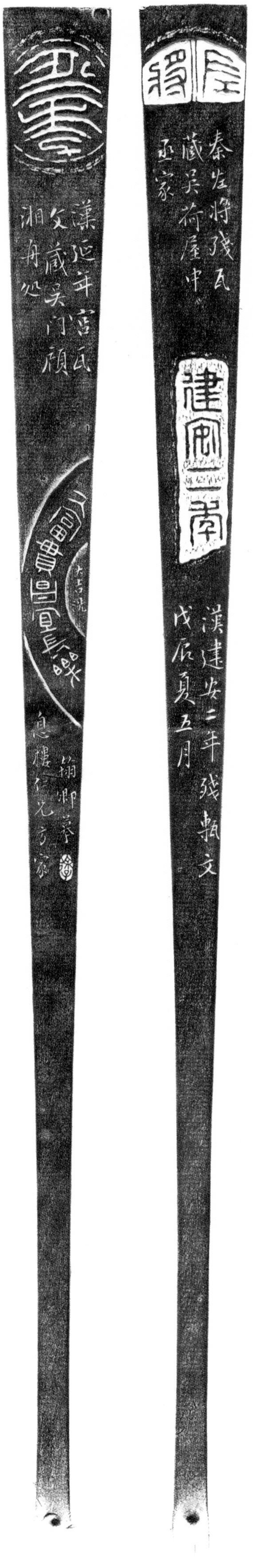
漢延年宮瓦文藏吳門顧湘舟處
秦左將殘瓦藏吳荷屋中丞家
漢建安二年殘甎文
戊辰夏五月

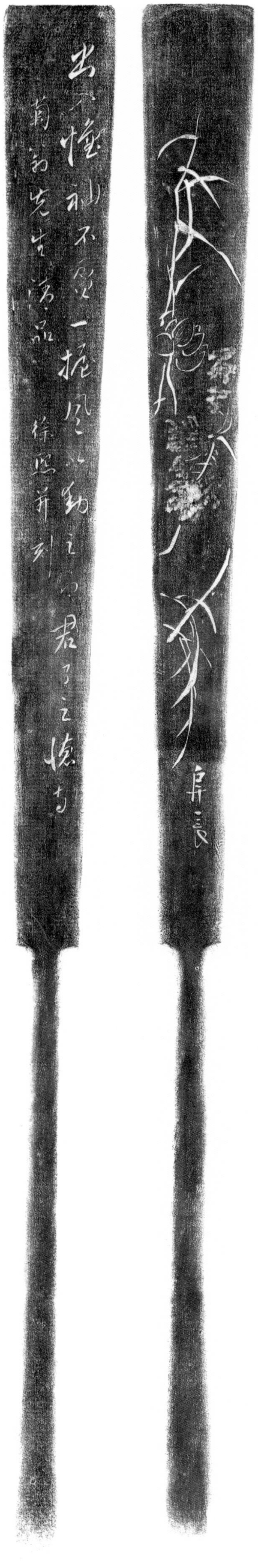
菊翁先生清品
徐熙并刻

翰卿刻
秀壁疏林野水涯亂雲堆裏隱人家一泓清淺閑情結
消取清泉白石茶
徐熙刻于芳潤齋

陈明赐（活动于清晚期）

字锡庵，号雪庵。浙江海盐人。《嘉兴府志》称其善铁笔，篆籀隶古，力追秦汉，或临摹金农、陈鸿寿一派，无不神似，题跋亦清简高古。家赤贫无立锥地，求其墨者，必俟奇窘，斯援笔立就。

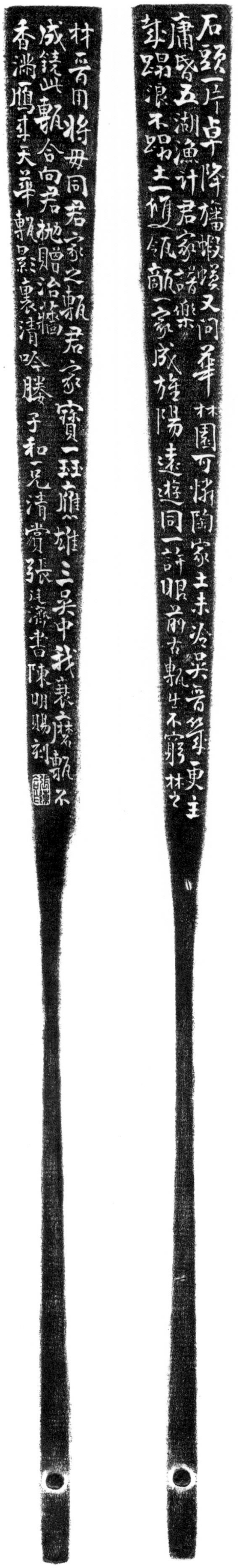

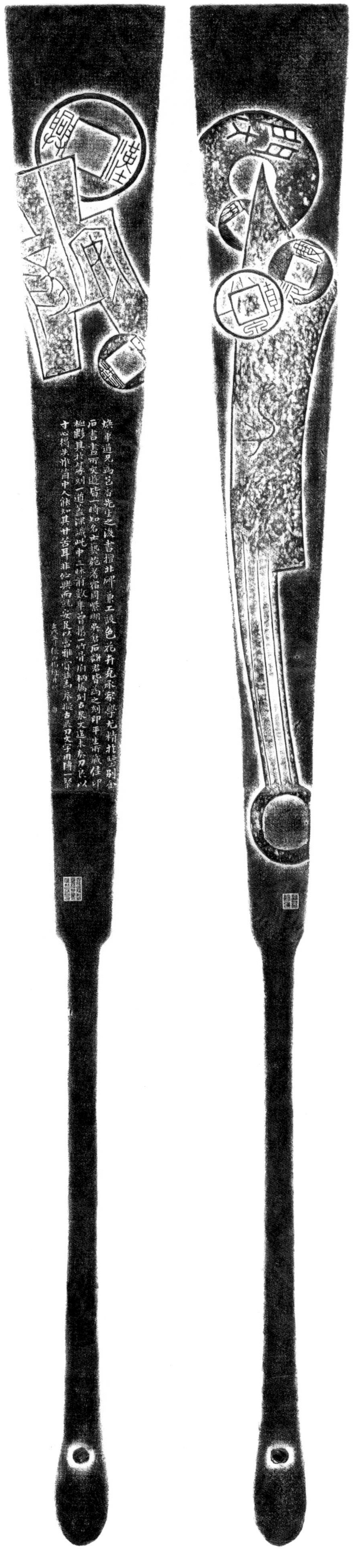

张楫如（一八七〇—一九二四）

号西桥，武进（今江苏常州）人。于上海鬻艺。擅刻竹，尤擅刻阳文书法，曾于扇骨上摹刻汉石经四百字，又曾缩摹散盘、克鼎、盂鼎、石鼓、天一阁《夏承碑》、定武本《兰亭序》等金石文字，皆精细绝伦。

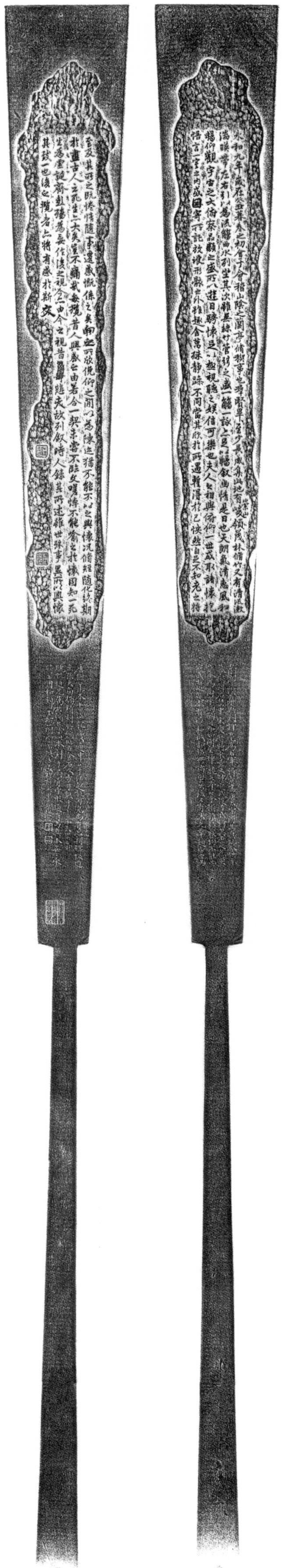

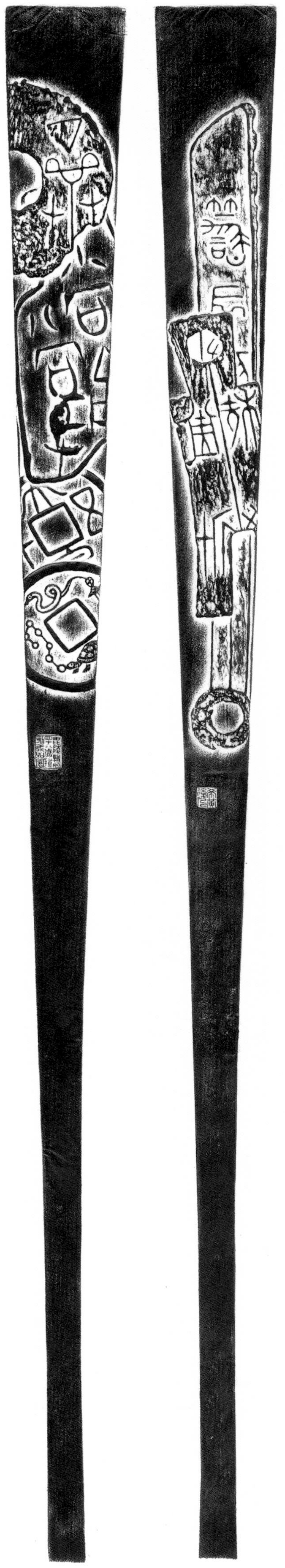

张楫如

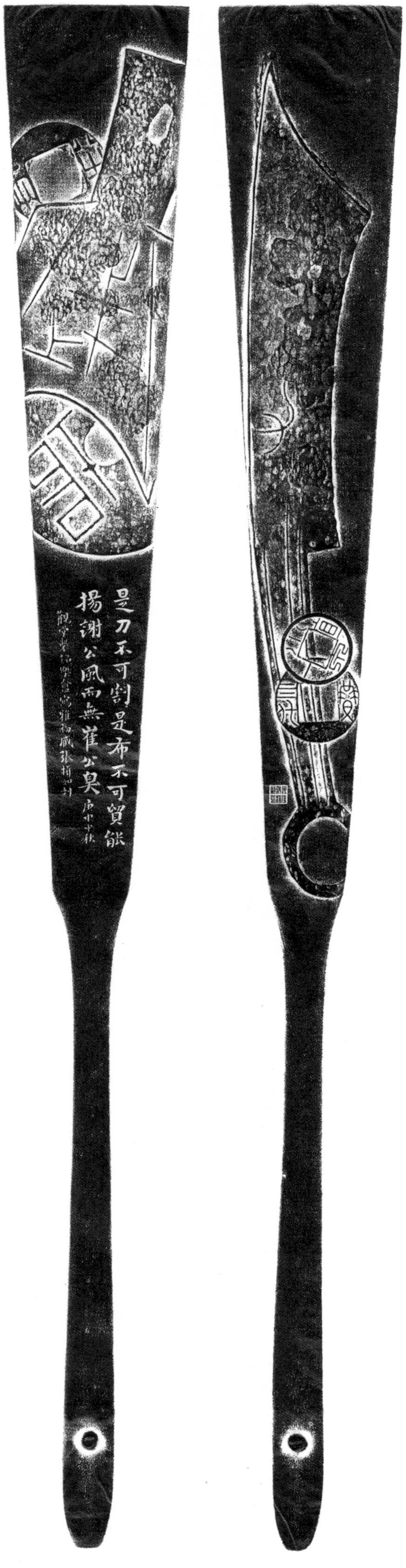
是刀不可割是布不可貿能
揚謝公風而無崔公臭
庚申中秋

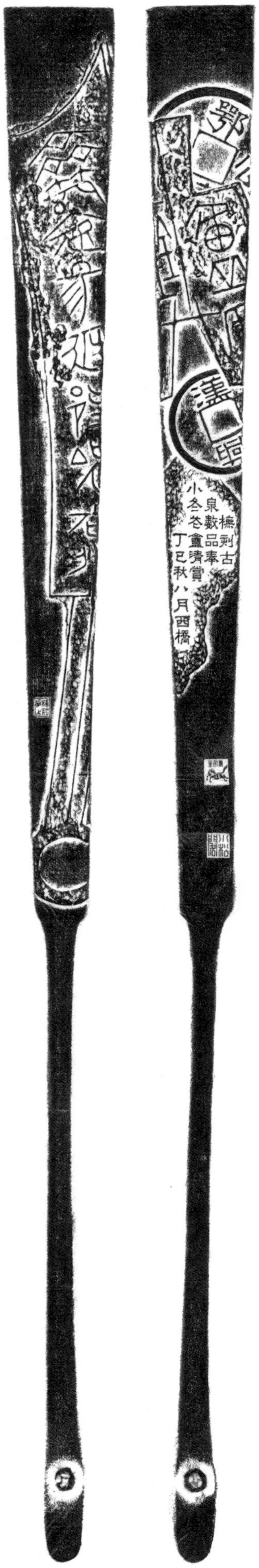
橅刻古
泉數品奉
小冬老盦清賞
丁巳秋八月西橋

张楫如

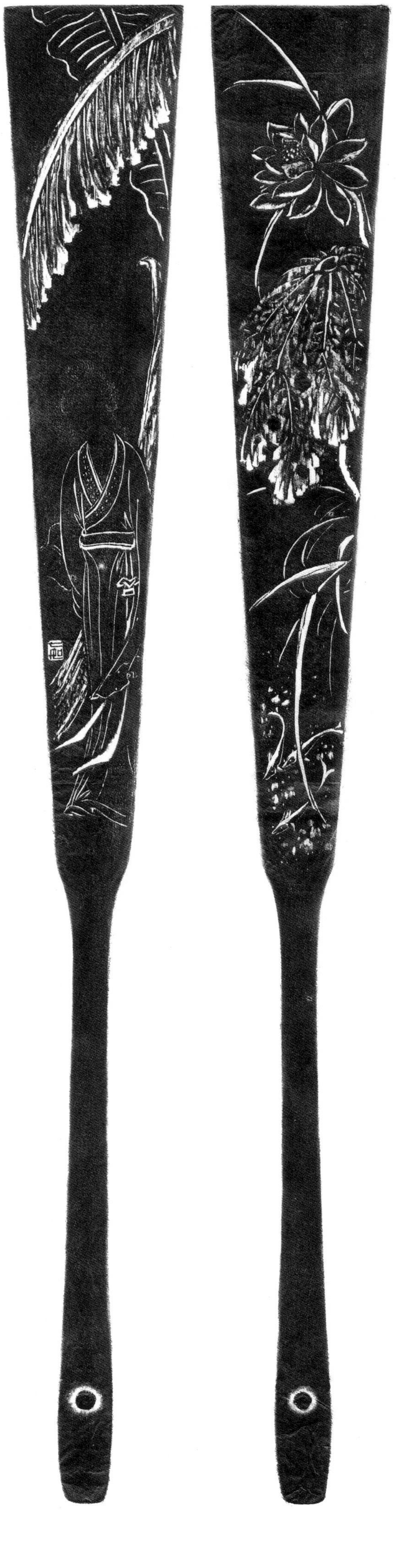

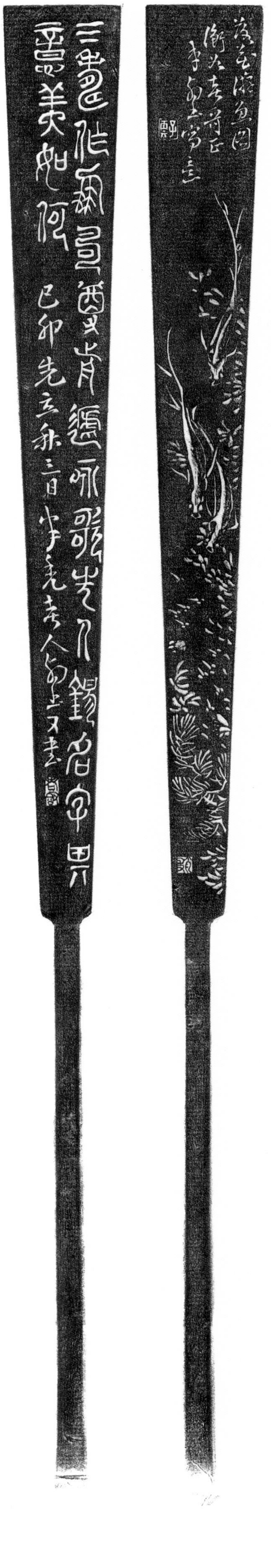

赵子云（一八七四—一九五五）

名起，以字行，号云壑，因园内有古梅十株，故又自署泉梅老人，室名云起楼、春晖草堂等。江苏苏州人。光绪三十年（一九〇四）登门拜吴昌硕为师，所作花卉，逼似吴氏，笔墨坚挺，苍浑秀润，气韵不凡。所作山水，秀劲雅致，精神饱满。善书石鼓文，古朴茂密，笔意流畅，深得其师精髓，为时所重。宣统二年（一九一〇）赴沪，以鬻画为生，后入上海书画研究会、海上题襟馆金石书画会。

陈澹如（一八八四—一九五三）

原名履熙，以字行，号福田、觉庵，晚号复恬居士，浙江嘉兴人。西泠印社早期社员。善治印，又善书法，尤精铁线篆。亦善刻竹，摹拟金石刀布古币于扇骨，能逼真，所刻人物仕女、蔬果花卉，惟妙惟肖。著有《澹如印存》《澹如刻竹》等。

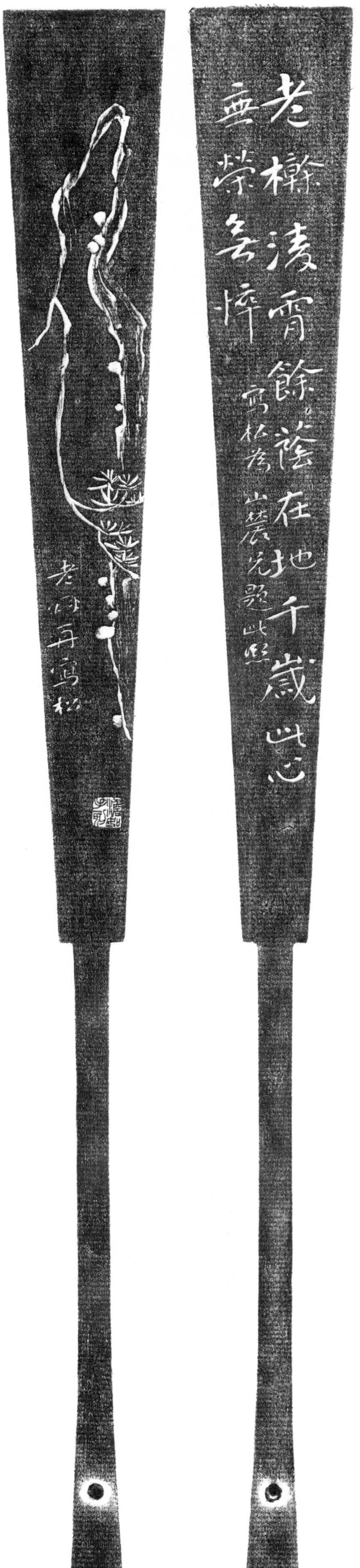

陈澹如

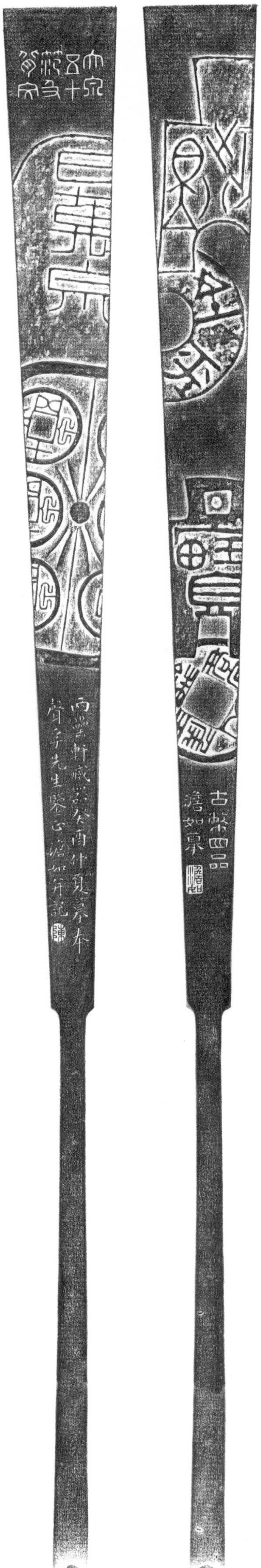

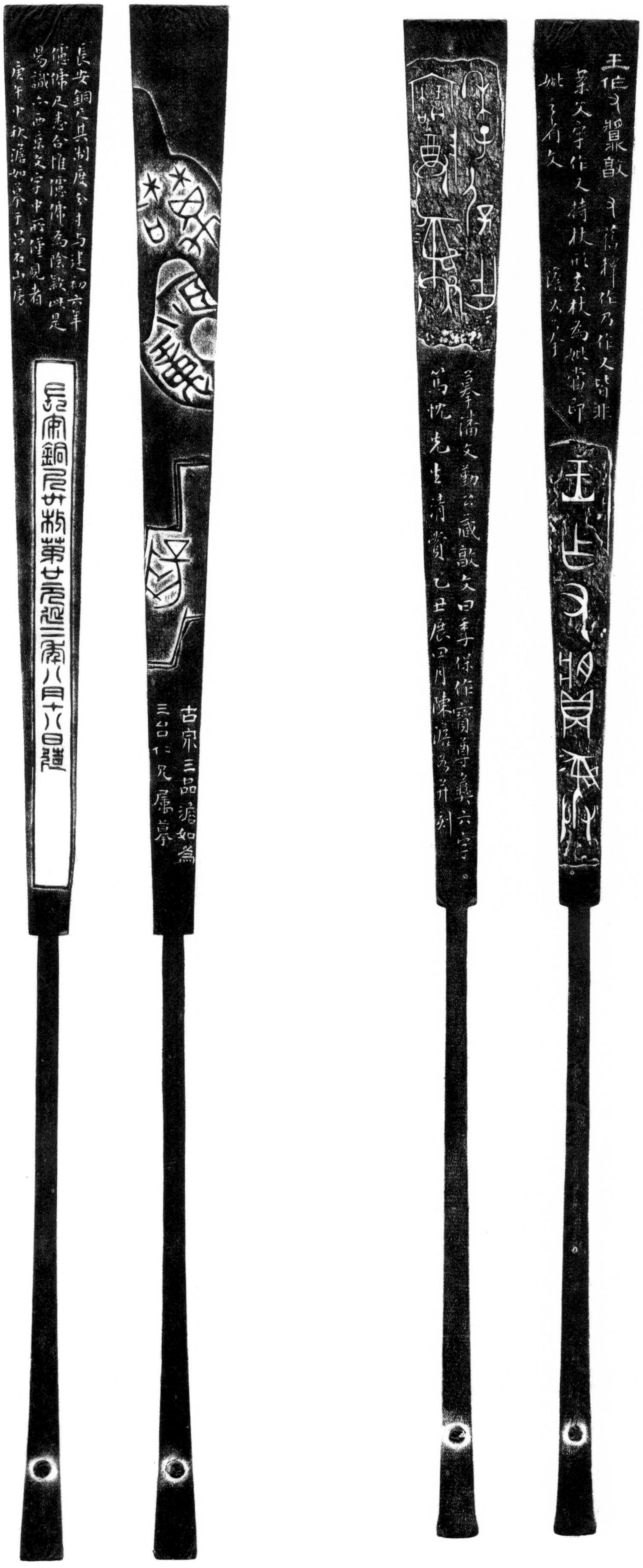

摹潘文勤公藏敦文曰季保作寶尊彝六字
篤忱先生清賞

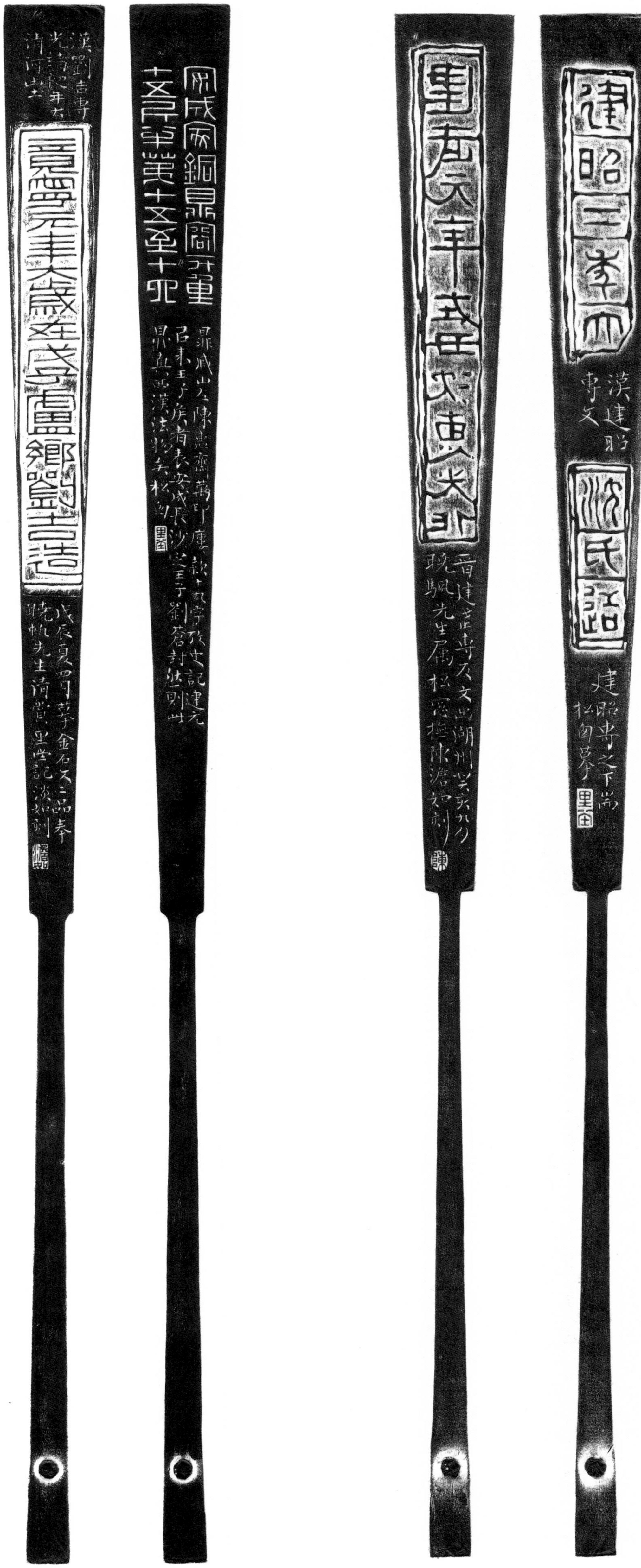

盤踞清風上天心弄遠泉有時明月夜招雀共棲煙

太康八年太歲丁未七月作

大康三年八月六日右尚方造一升銅釜重九斤七兩第一
永和五年八月宜嘉辟

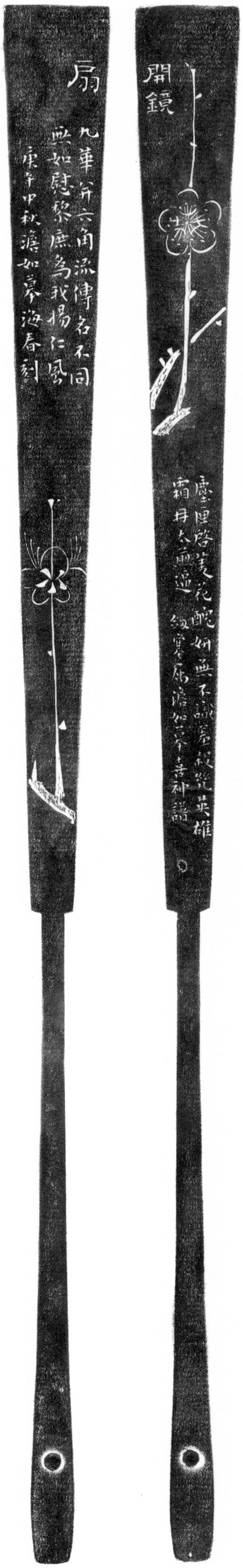
扇
開鏡

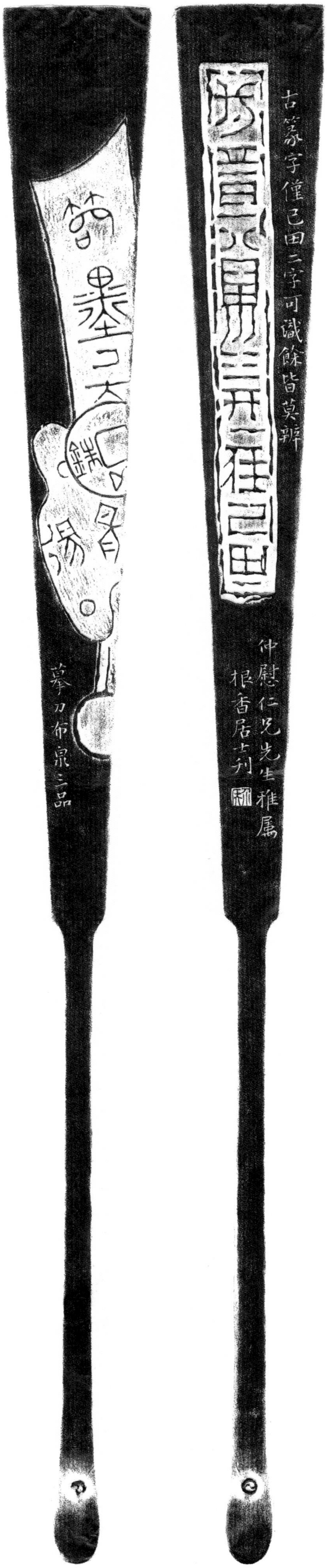

林介侯（一八八七—一九六六）

名兆禄，以字行，号梅庵，别署菜根香馆主。江苏吴县人。寄居上海。林福昌子。擅篆刻、书画，尤长于竹刻。摹刻金石文字、响拓鼎彝，惟妙惟肖。治印规模秦汉，能参以殷墟籀文。民国三年（一九一四）任轮船招商局文员，民国二十八年（一九三九）在税务署任缮校工作，后任职于上海航政局。一九五六年为上海市文史馆馆员。曾参加中国金石篆刻研究社。撰著有《六书分类增编》。

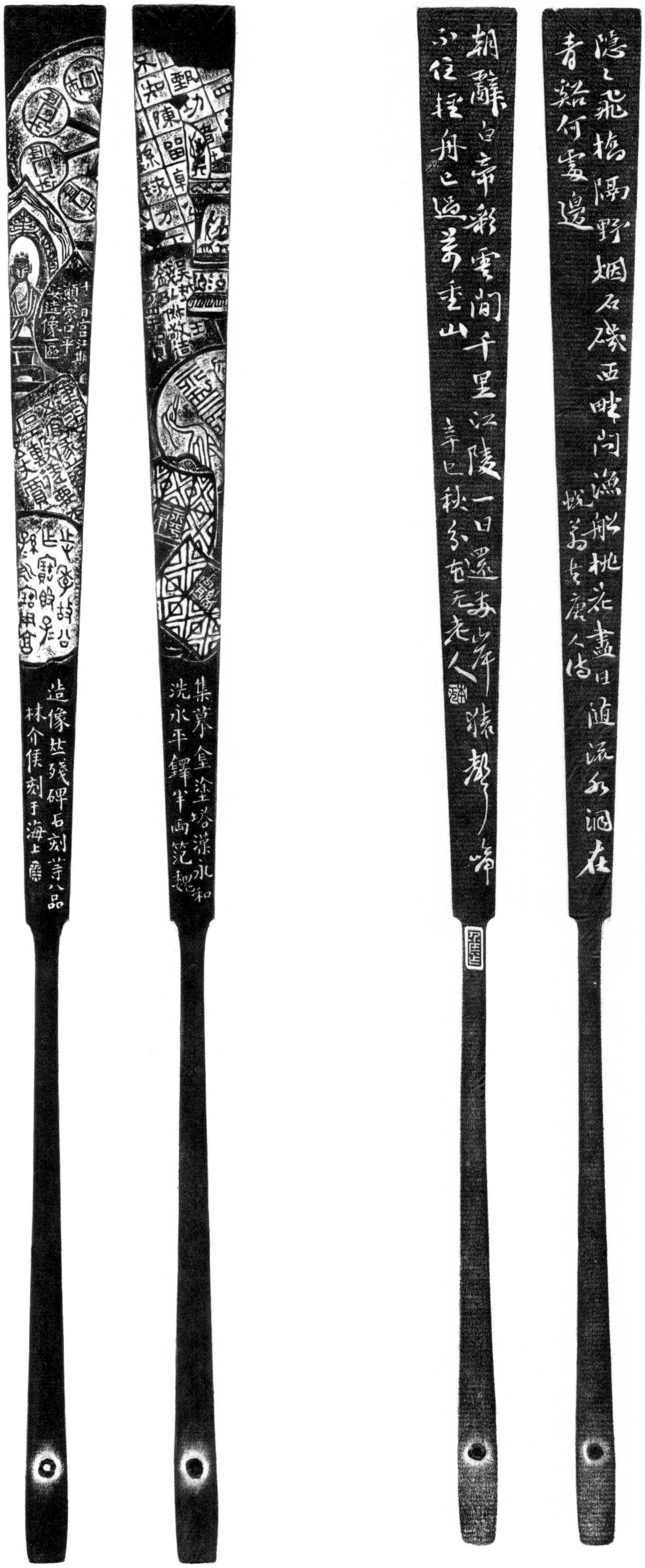
林介侯刻于海上
朝辭白帝彩雲間千里江陵一日還兩岸猿聲啼不住輕舟已過萬重山
辛巳秋介侯老人
隱隱飛橋隔野烟石磯西畔問漁船桃花盡日隨流水洞在清溪何處邊
蛻翁書唐人句

林介侯

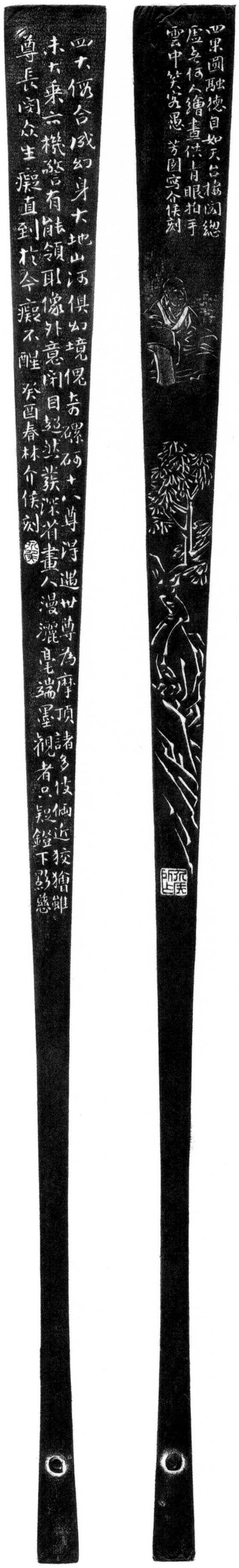

介侯刻

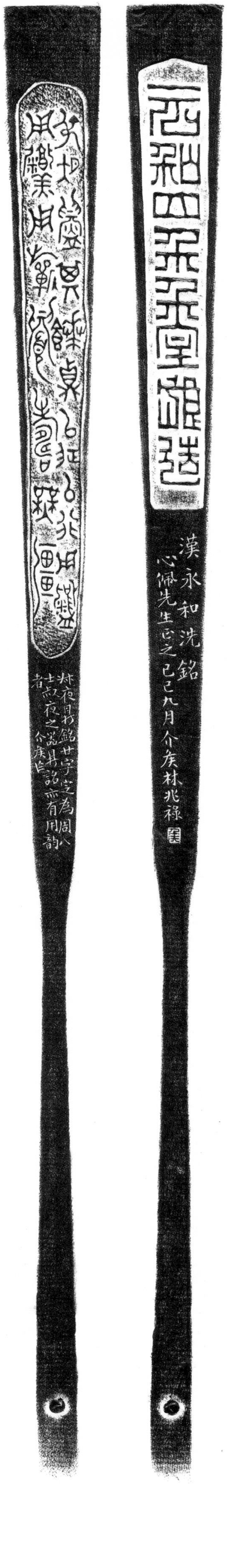
漢永和洗銘
心佩先生正之 己巳九月 介侯林兆祿

戊辰春日介侯刻
介侯畫並刻

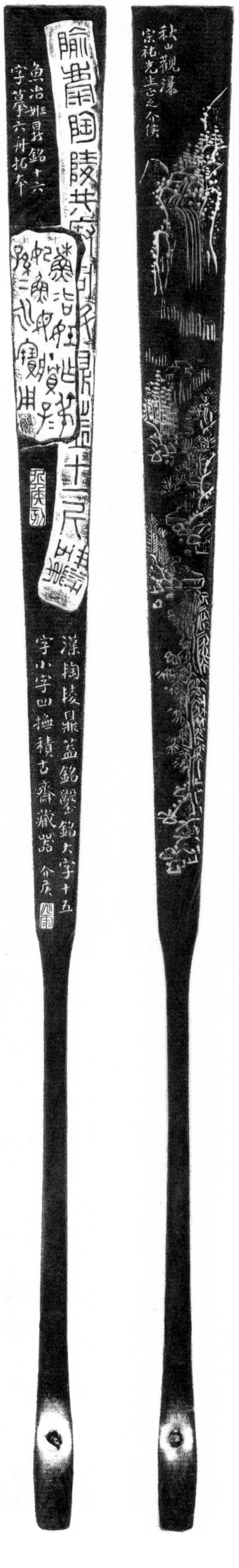
秋山觀瀑

金西厓（一八九〇—一九七九）

名绍坊，字季言，自号西厓，别号西厓，室名可读斋，浙江吴兴人。金城弟。擅书画，工竹刻，亦精鉴赏。尤精竹刻扇骨，曾于三年中刻扇骨三百余把，又能刻留青山水于小秘阁，仿周子和缩摹金石文字，得其神似。其竹刻作品，多为其兄金城画稿，亦有吴待秋（后卿）、吴昌硕等人之作，刀法流畅，浑厚生动。著有《可读斋刻竹拓本》《西厓刻竹》《竹刻艺术》和《刻竹小言》。

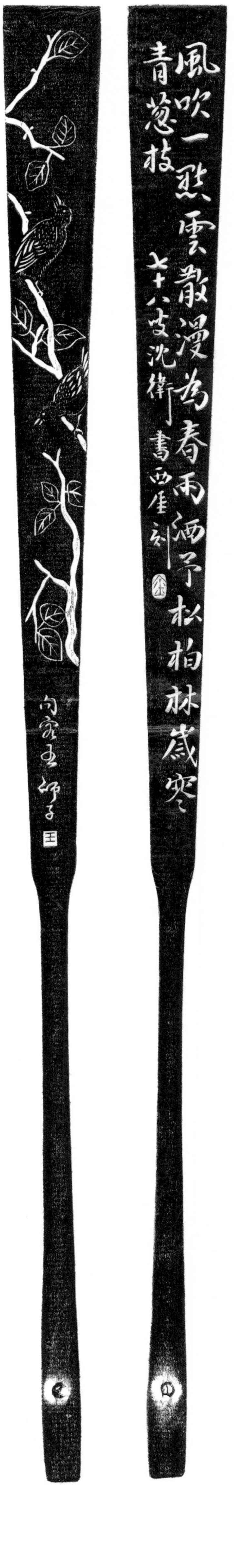
風吹一點雲散漫為春雨洒予松柏林歲寒
青蔥枝
七十八叟沈衛
書西厓刻

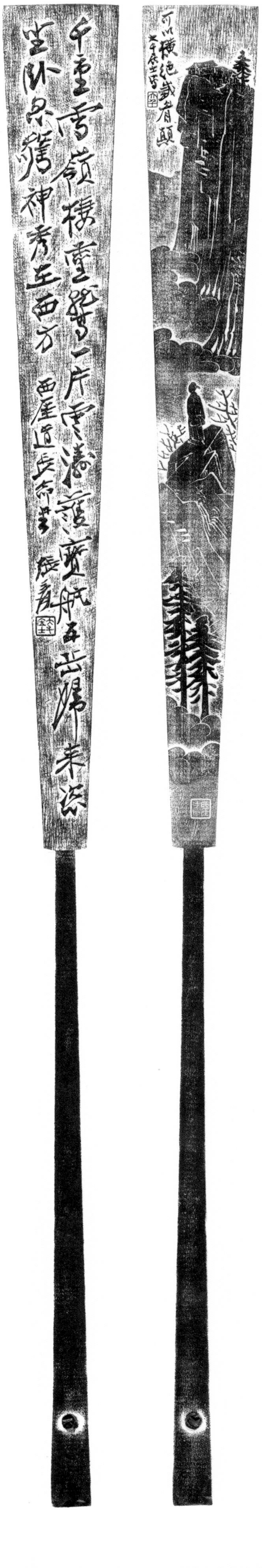
可以橫絕峨眉巔

西厓刻
嘉興北橋金城畫于石楳華盦
西厓刻

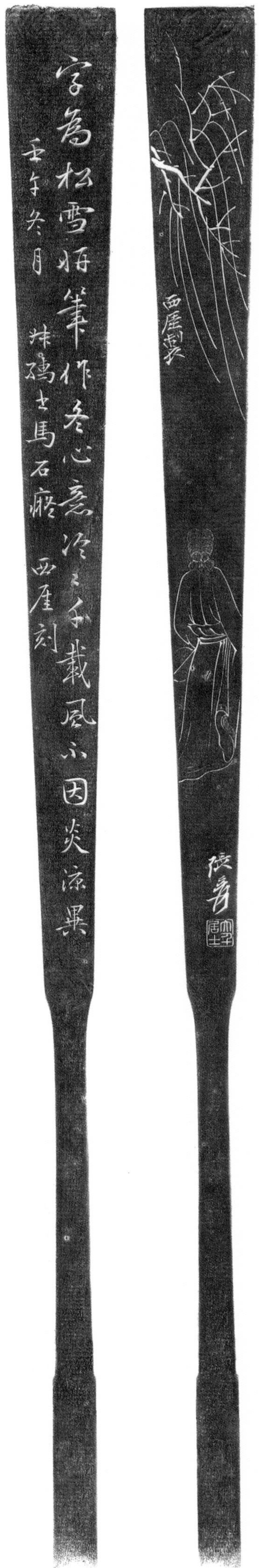
字為松雪好筆作冬心意泠泠千載風不因炎涼異
壬午冬月
西厓刻
西厓製

湖帆畫
西厓刻
西厓先生屬 吳湖帆畫

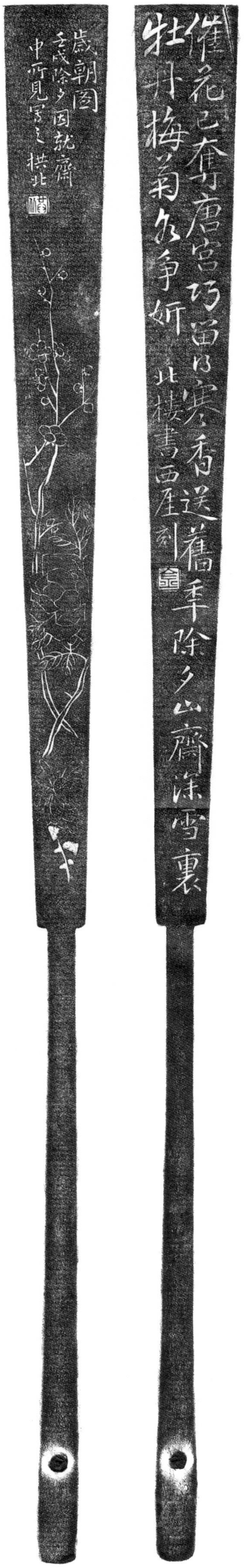
歲朝圖
壬戌除夕因就齋中所見寫之 拱北
催花已奪唐宮巧留得寒香送舊秊除夕山齋深雪裏
牡丹梅菊各爭妍
北樓書西厓刻

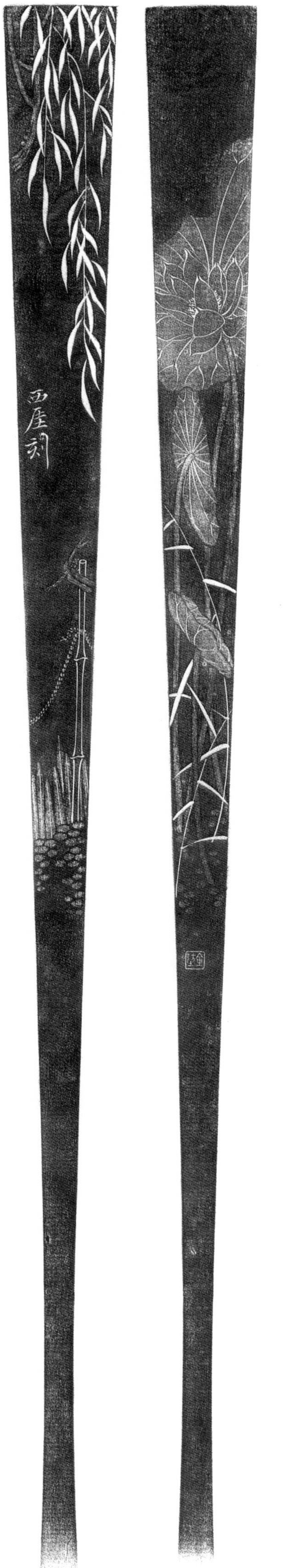
西厓刻

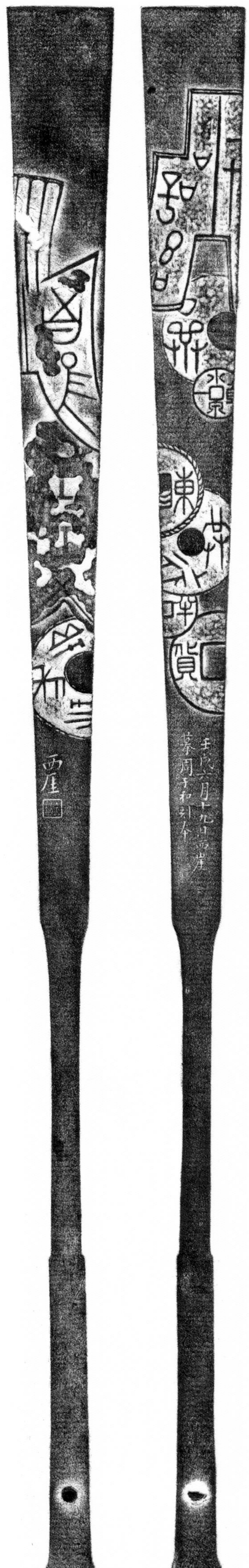

催花已奪唐宮巧留乃寒香送舊年除夕山齋深雪裏
牡丹梅菊各爭妍
北樓書西厓刻

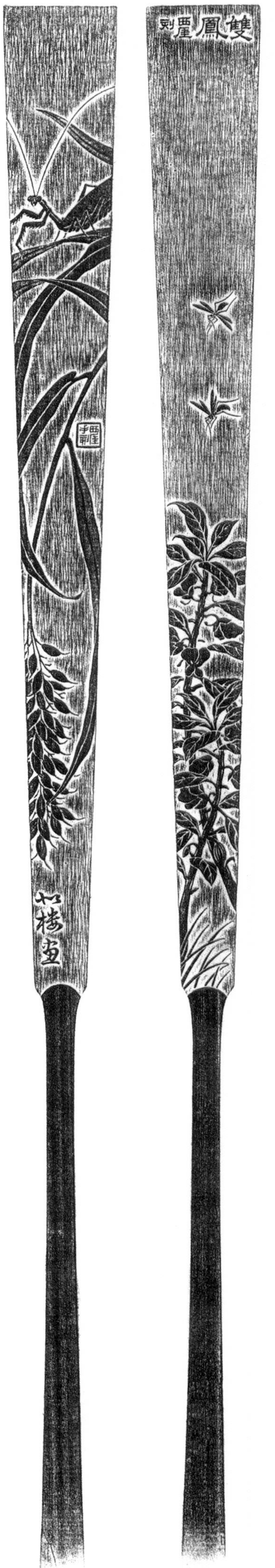
雙鳳西厓刻

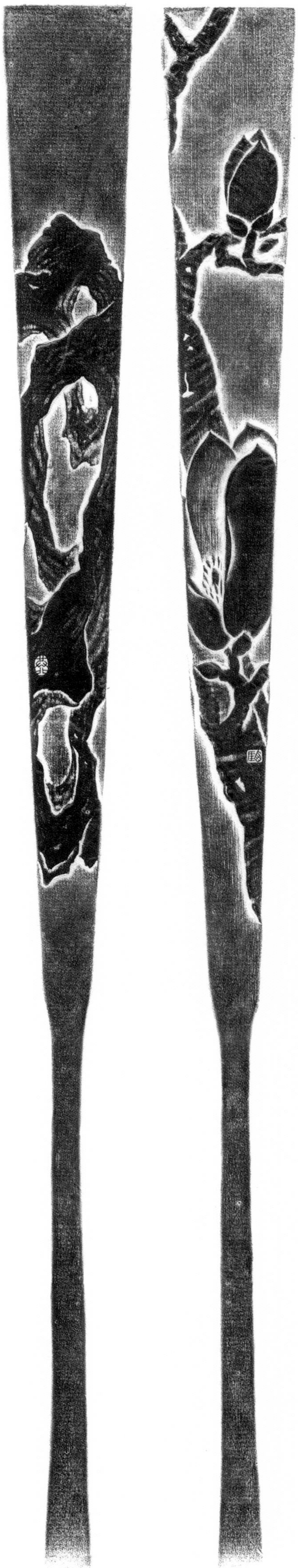

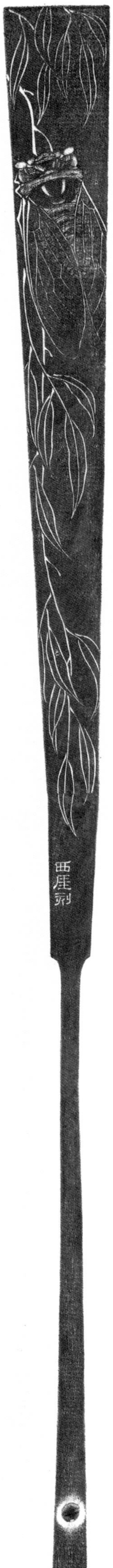
西厓刻

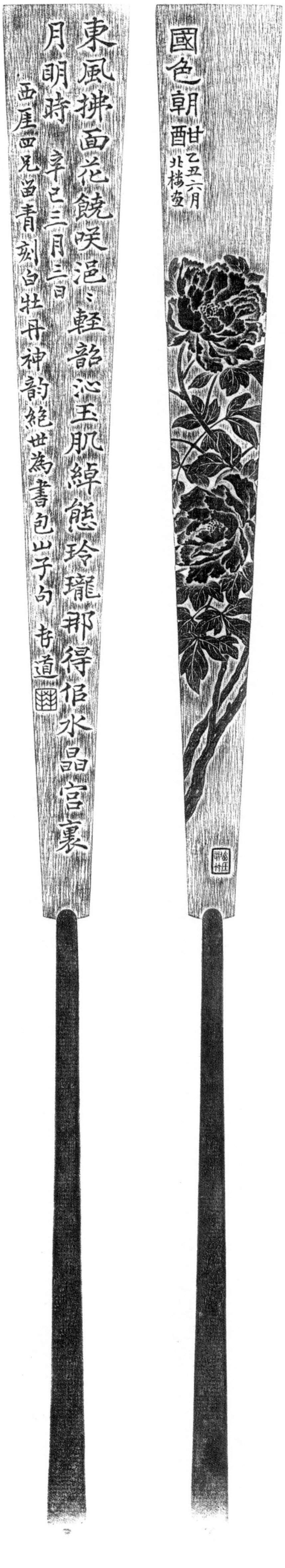
東風拂面花饒咲浥ゝ輕齡沁玉肌綽態玲瓏那得侶水晶宫裏月明時
辛巳三月三日
西厓四兄留青刻白牡丹神韵絶世爲書包山子句 昔道
國色朝酣
乙丑六月
北樓畫

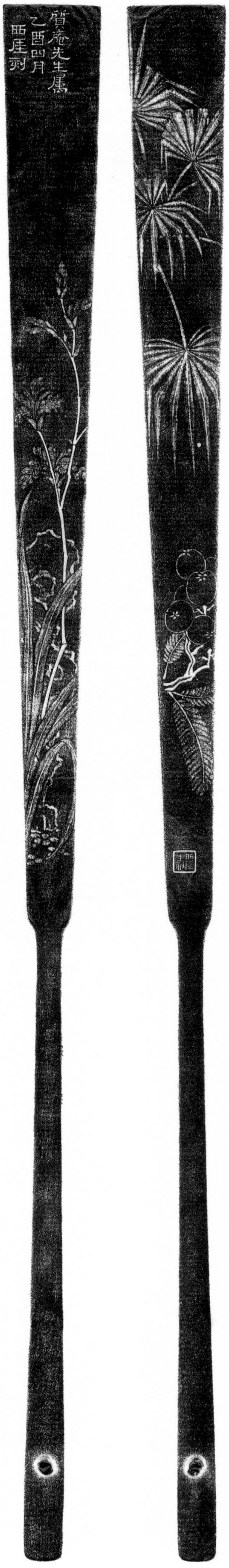
質庵先生屬
乙酉四月
西厓刻

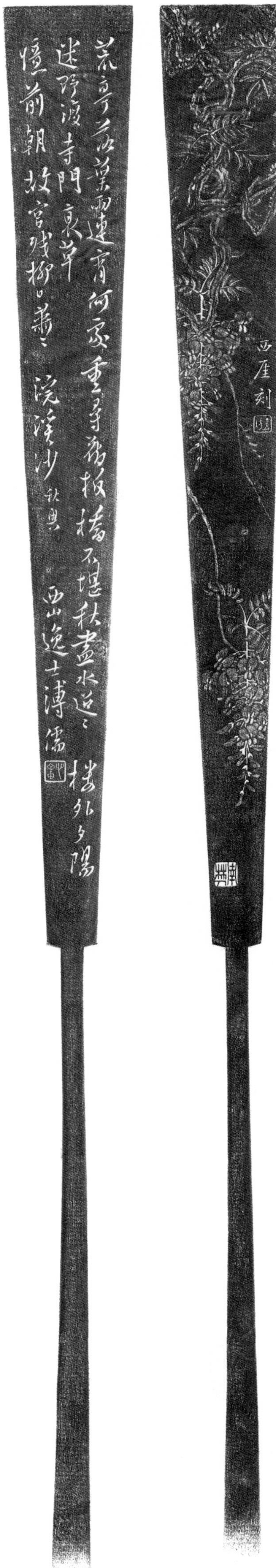
浣溪沙
西山逸士溥儒
西厓刻

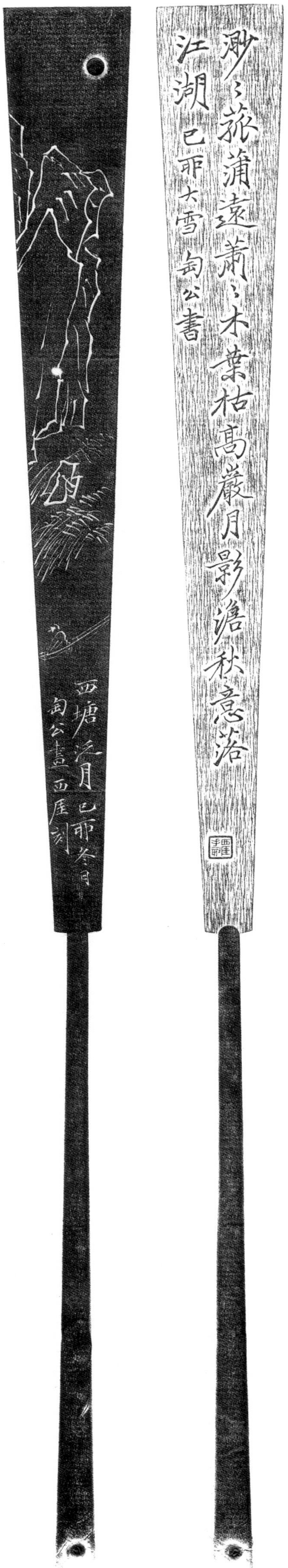
西塘江月 己卯冬月 匋公畫 西厓刻
己卯大雪 匋公書

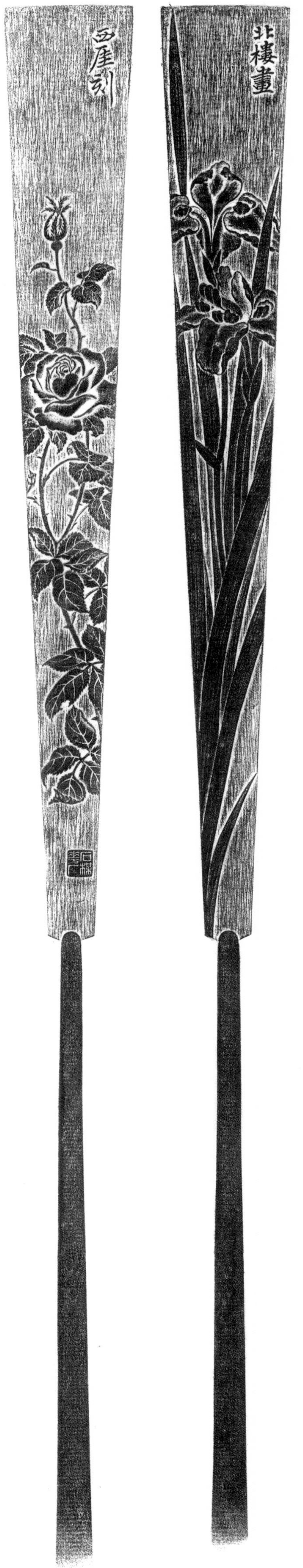
西厓刻
北樓畫

旋波一瞥流紅暈潑剌金
鱗隱綠蘋 瀛湖漁隱
西厓刻

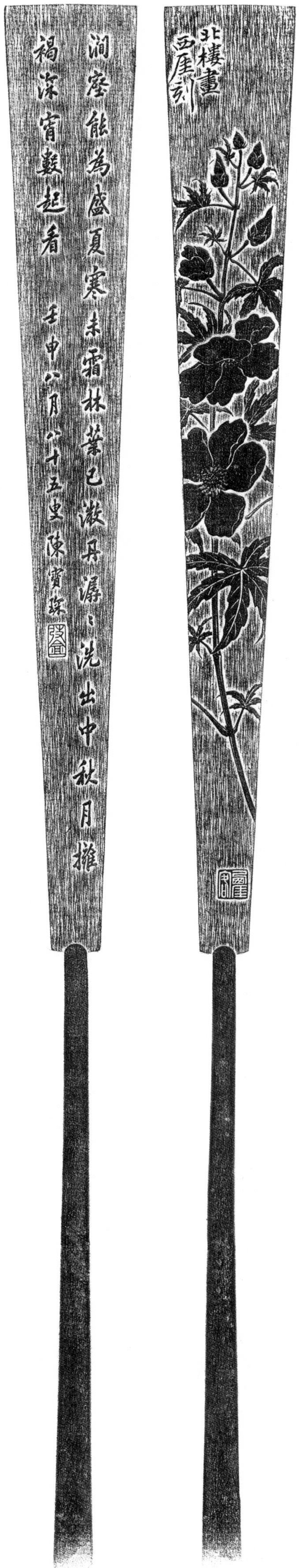
潤溼能為盛夏寒未霜林葉已漱丹潺潺洗出中秋月擁裯深宵數起看
壬申八月六十五叟陳寶琛
北樓畫
西厓刻

金西厓

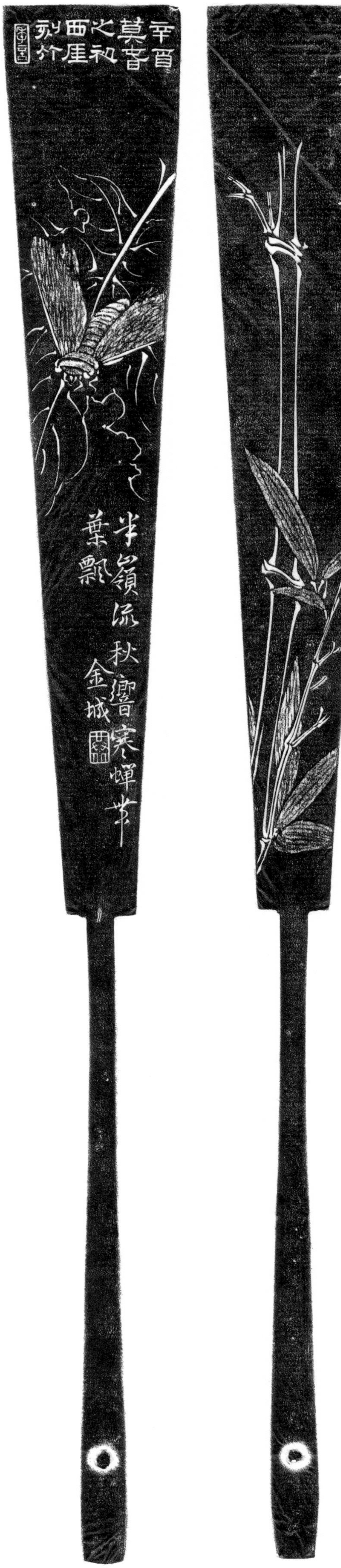

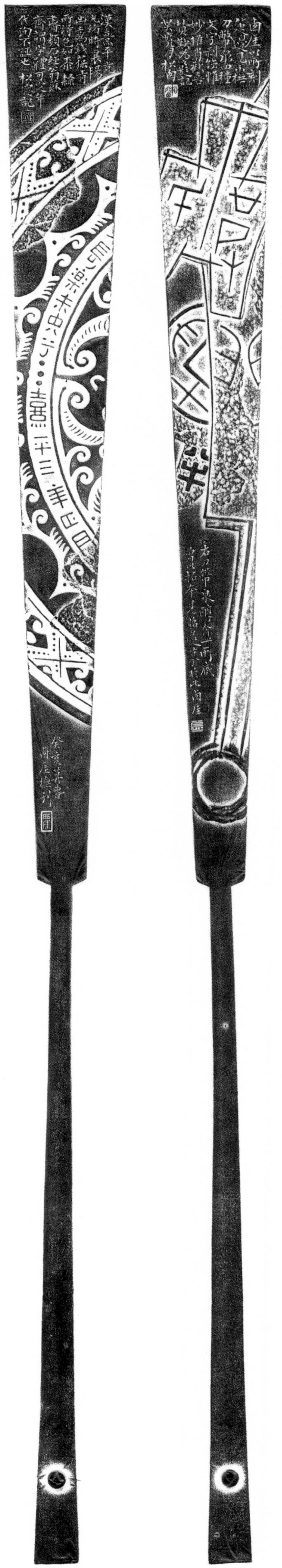

雪壓林梢竹倒垂石邊山雉野鷺飛天寒野静尋餘粟
猶勝樊籠刺錦衣
壬午大雪節
趙叔孺
叔孺再作
西厓刻

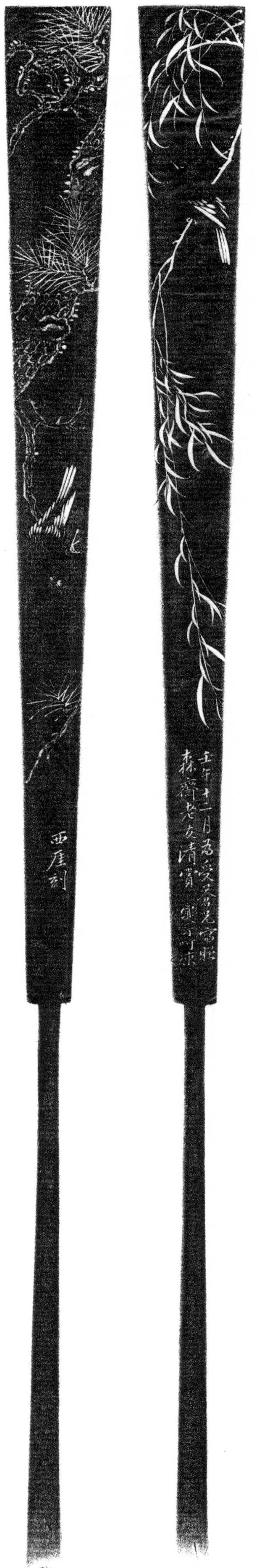
西厓刻

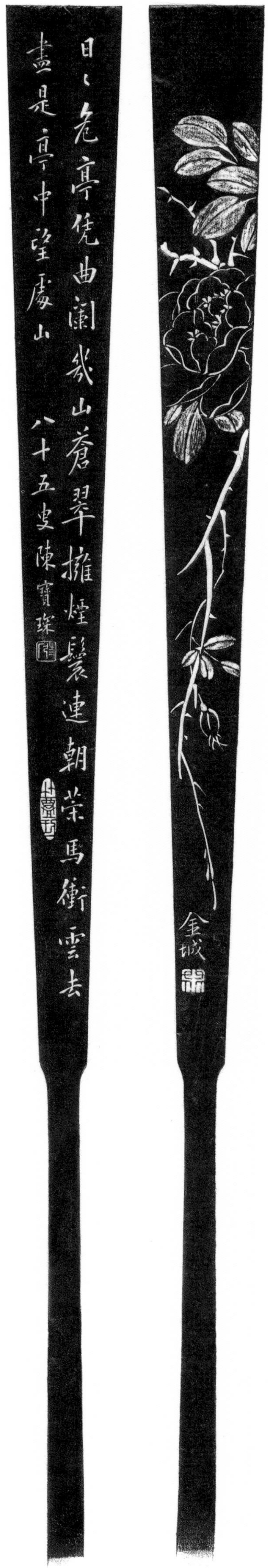
日〻危亭凭曲闌幾山蒼翠擁煙鬟連朝策馬衝雲去
盡是亭中望處山
八十五叟陳寶琛
金城

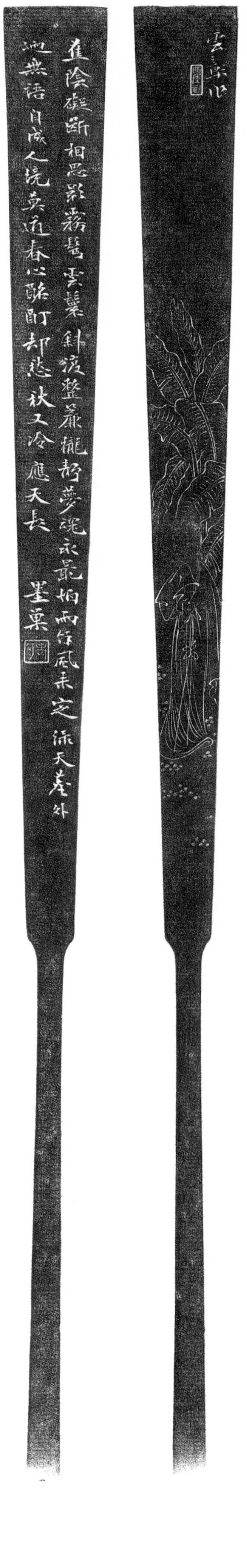

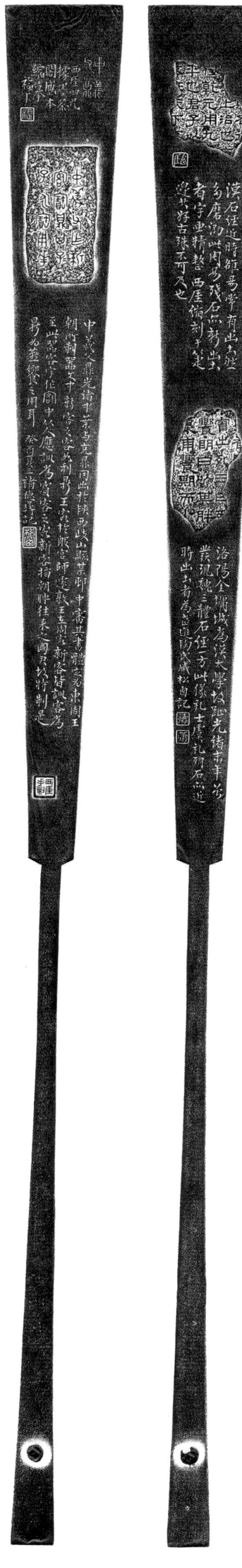

金西厓

金西厓

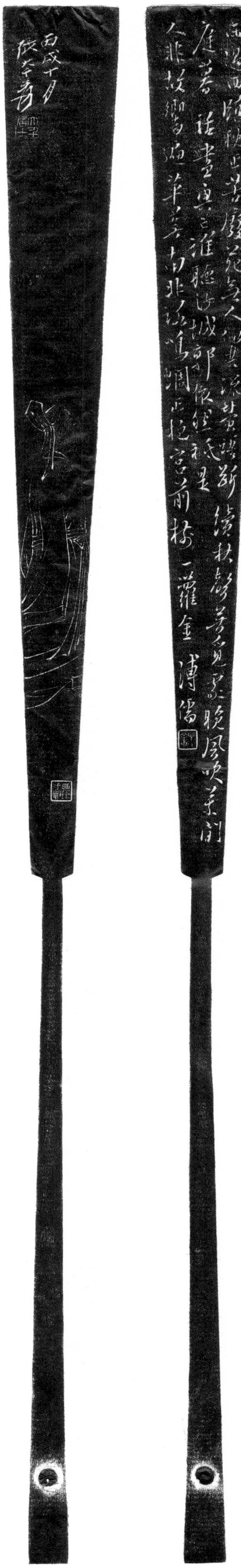

秉之先生属
西厓写意

金西厓

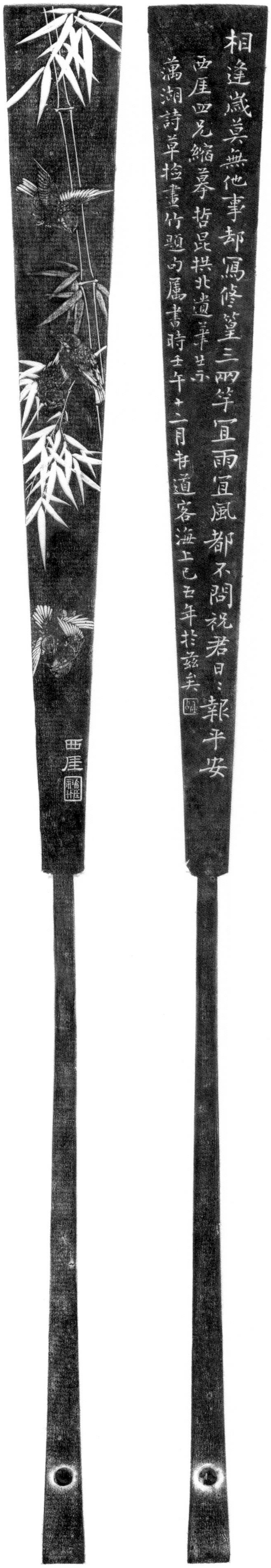
相逢歲莫無他事却寫脩篁三兩竿宜雨宜風都不問祝君日日報平安
西厓

青〻園中葵朝露待日晞〻陽春布德澤萬物生光輝常恐秋節至
甲子冬日
焜黃華葉衰百川東到海何時復西歸少壯不努力老大乃傷悲
西厓刻

癸亥秋九月西厓刻
曉帆先生屬
尚齋畫

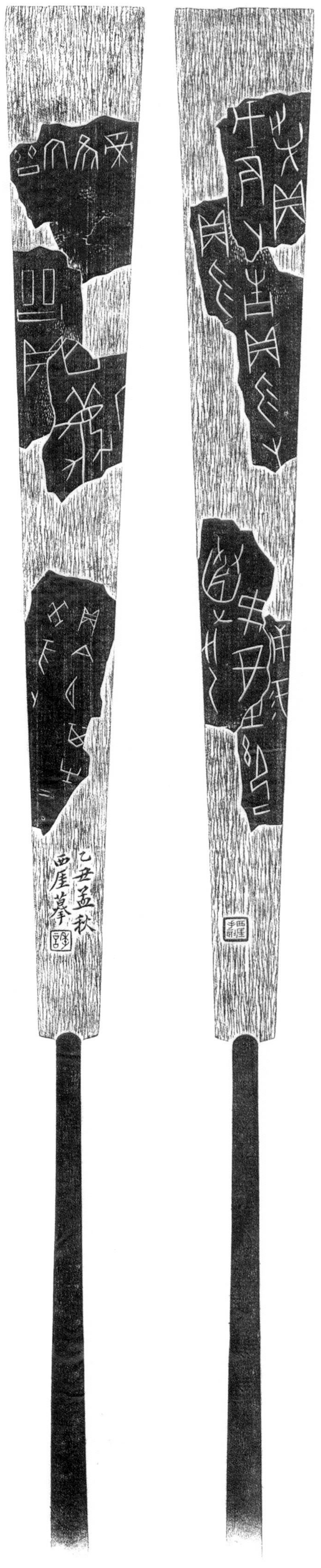
乙丑孟秋
西厓摹

西厓刻

君甫先生書家正之
甲子八月北樓畫西厓刻

綠蟻新醅酒紅泥小火爐晚來天欲雪能飲一杯無
北樓畫西厓刻

偶向松間見舊題野人休誦北山移丈夫出處非無意猿鶴從來自不知
西厓世仁兄屬 孝胥
樸樸烟嵐遶四阿物華終恨未能多故應陡起三千丈始奈重山複嶺何
西厓世仁兄屬 孝胥

摹獸骨文奉
西厓四兄先生有道
正謬 乙丑二月望日福厂

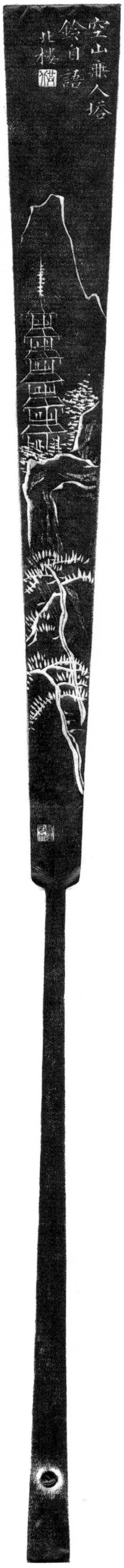
空山無人塔鈴自語
北樓

淇園之竹剡谿楮規白松之製兮供拂暑補
造化之功唯予與汝
北樓為西厓銘

北樓畫西厓刻

若秦漢之君必嘗褰裳濡足
戊子仲春
荀中郎在京口登北固望海云雖未覩三山便自使人有凌雲之志

新詩題處雁飛翔重壓孤舟樹樹僵畢竟於心通篆學幾回低首拜清湘
石濤畫
大聾
崇寶沙寒顆顆綠落盡沙誰是將兵才樓船笳鼓聲聲競
愁煞天門訣蕩開
癸亥立秋日吳昌碩年八十

遥岑寸碧還千仞飛閣淡丹丘一門木末水濱行未已畫中詩在得重論
節厂書
北樓

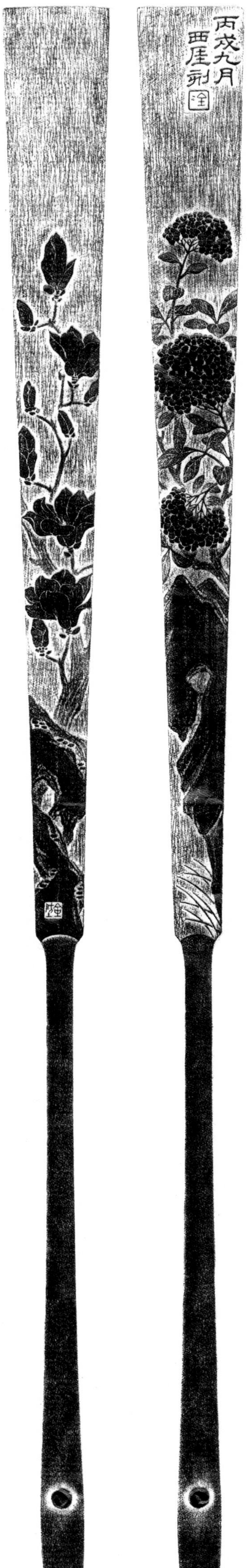
丙戌九月
西厓刻

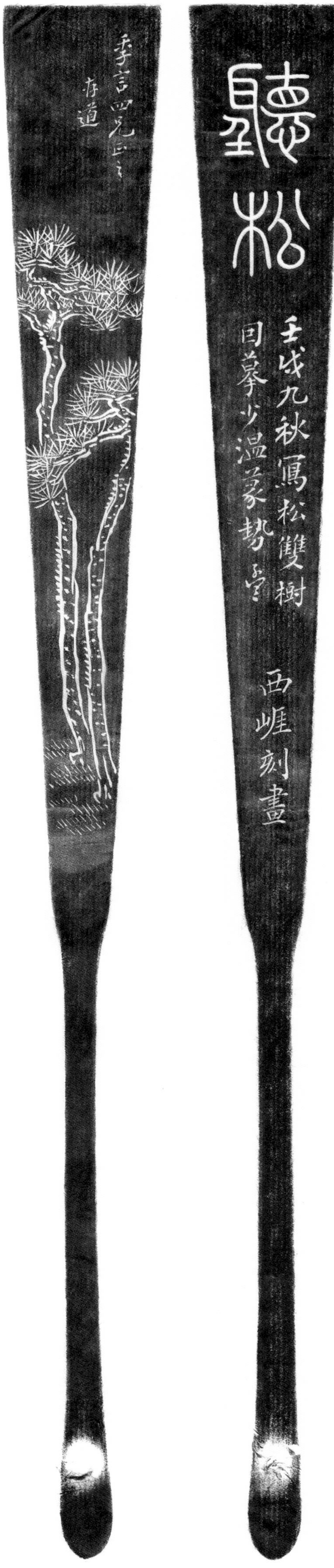
季言四兄正之
存道
聽松
壬戌九秋寫松雙樹
同摹少温篆勢
西崕刻畫

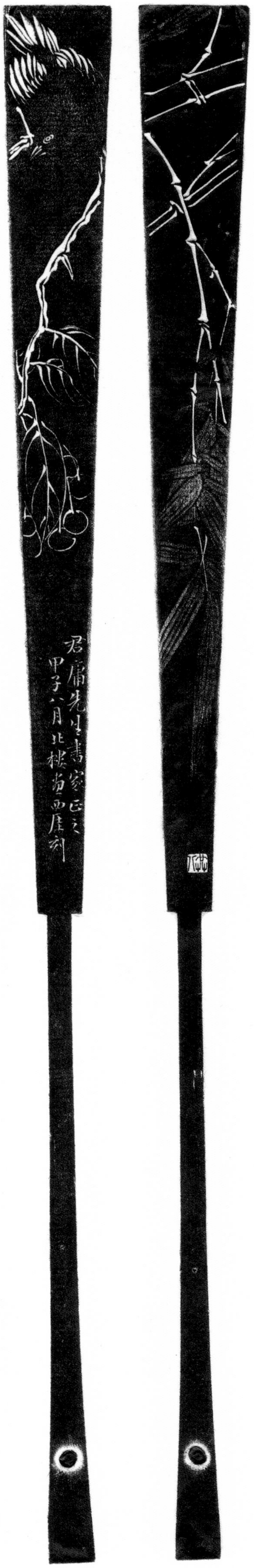
君庸先生書家正之
甲子八月北樓畫西厓刻

十幅蒲帆一葦航
歸舟好趁晚風涼
夕陽初散谿雲逕
知有人家住水鄉
乙丑七月 吴昌碩年八十有二

西厓刻

寄語庵前抱節君與君到處合相親寫真雖是文夫子我亦真堂作記人
南風滿院語消夏
子康仁兄雅正
己卯夏月
西厓刻

金西厓

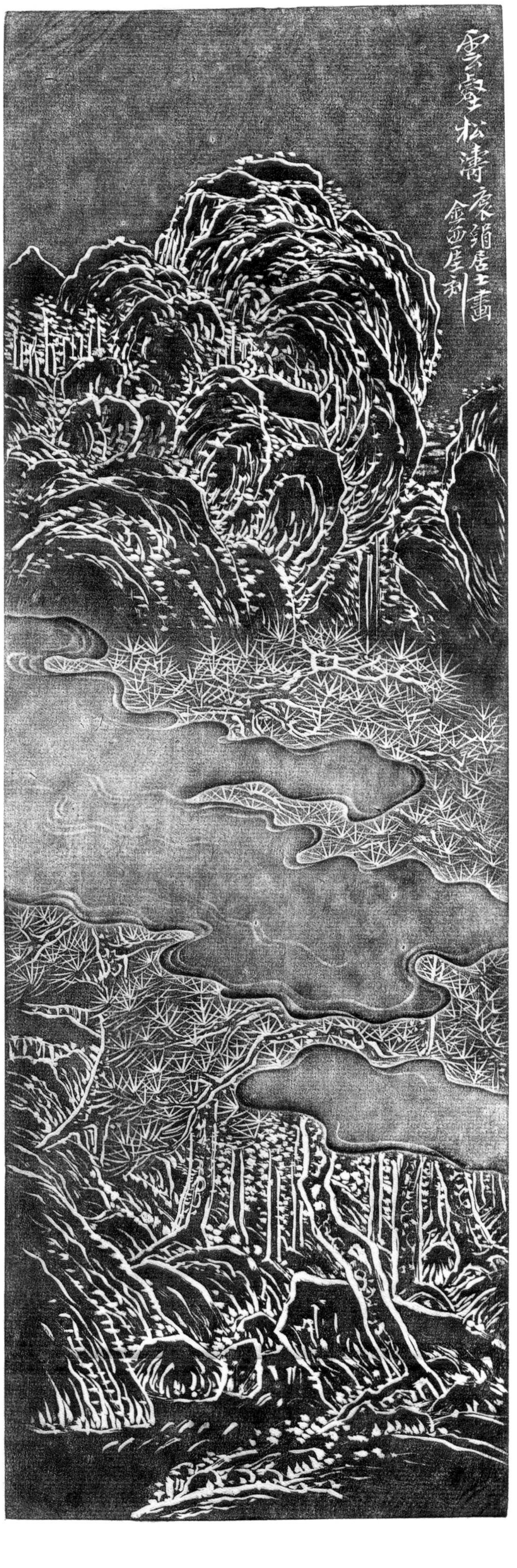
雲壑松濤
抱鋗居士畫
金西厓刻

金西厓

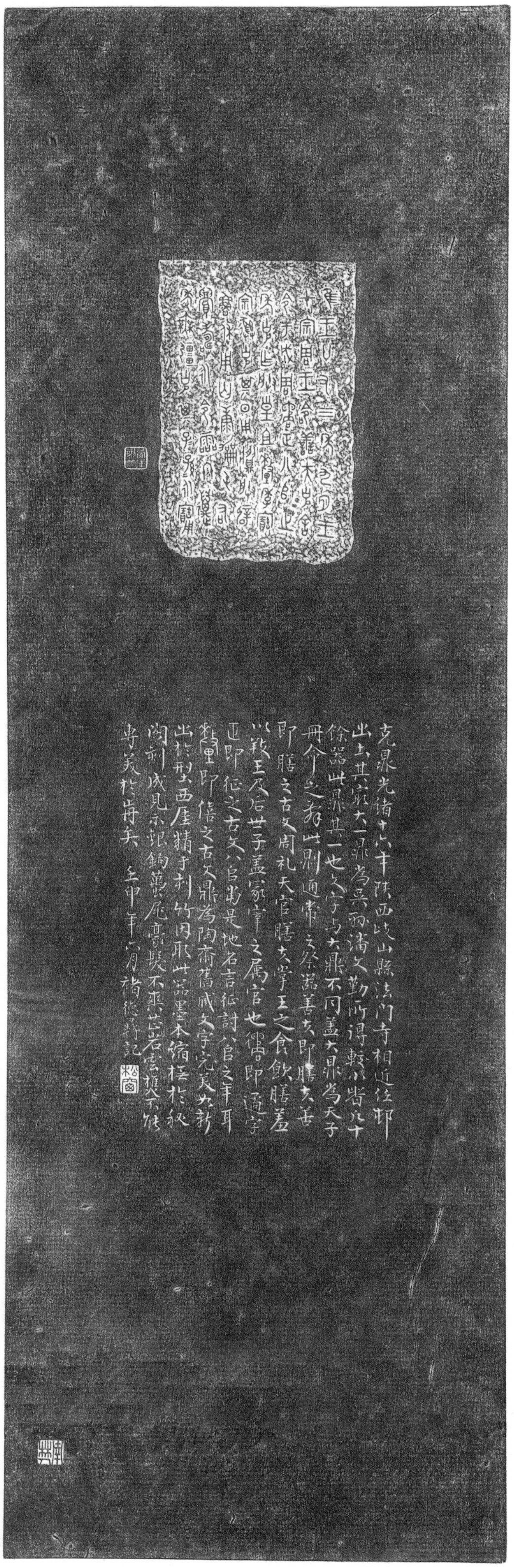

金西厓

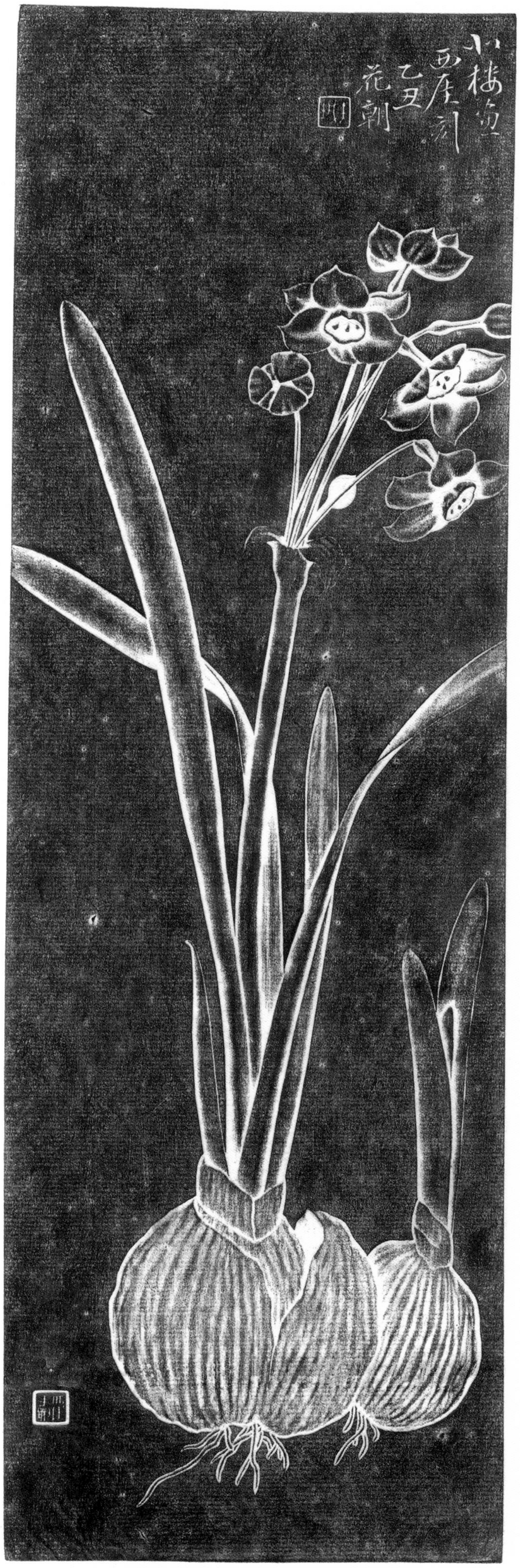

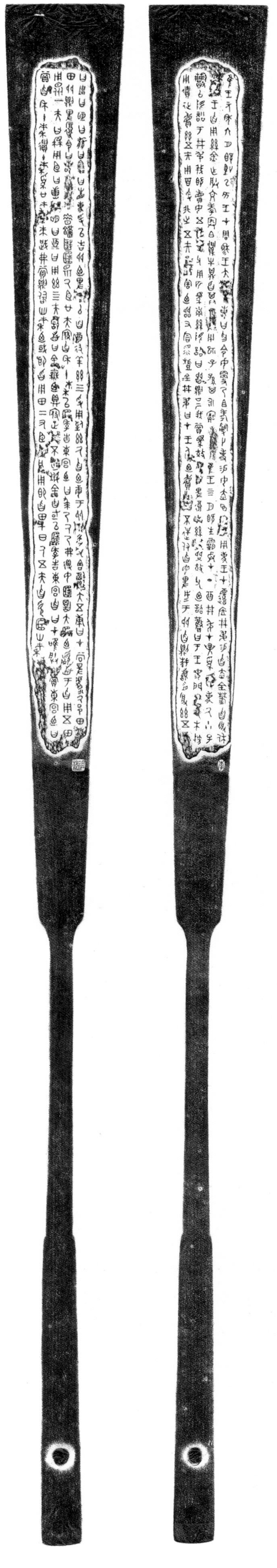

李祖韩（一八九一—一九六〇后）

字左庵，室名怡如庐。浙江镇海人。工山水、花卉，曾以工笔临写宋人各家山水花鸟画，为艺林推许。曾经供职美商中国营业公司多年，亦任其表兄方液仙所创办的中国化学工业社董事长。民国十八年（一九二九），与经亨颐、陈树人等发起举办寒之友社第一次美术展览会，同年任第二次全国美术展览会总干事。参加蜜蜂画社、中国画会等。妹李秋君，亦工书画。

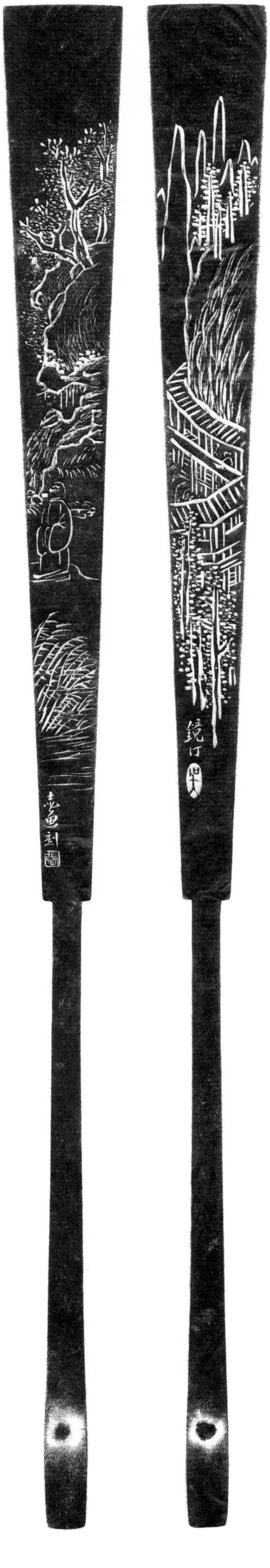

张志鱼（一八九一——一九六三）

或作张志愚，字通玄，又字瘦梅，亦署寿眉，别号寄斯庵主，河北宛平（今属北京）人。一九四三年后寄居上海。曾任北平艺术学院竹刻治印教授。工书画，精篆刻，擅刻竹，尤擅扇骨。所刻扇骨，必请名贤书画骨稿，以双刀深刻皮雕、沙地留青技法独步当时，与南方不尽相同。著有《刻竹治印无师自通》《扇骨拓集》和《寄斯庵印谱》。

寒林鳩陣
北庵畫
大千画志鱼刻

菊生繢志魚刻

是以前漢小學率多瑋字非獨制異乃
共曉難也
丙寅春日
暨乎後漢小學轉疏複文隱訓藏否大
半
練字第三十九
孝胥

甲子春錄悲厂印序
志鱼并書

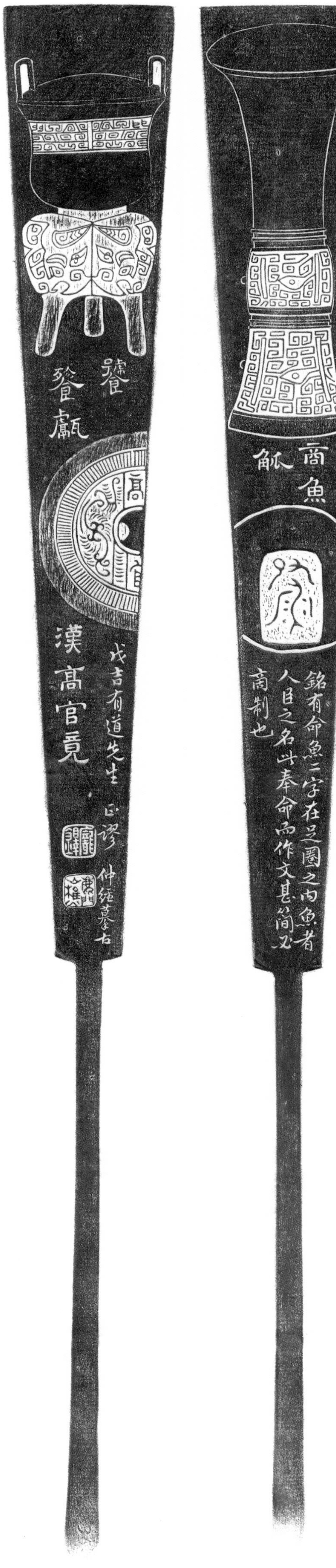

庞仲经（一八九五—一九五三）

字祥生，号鹿门山樵。吴江同里人。擅刻竹。曾见其一九二五年所刻竹折扇骨，上有『仲经刊』款及『羊生』小印。

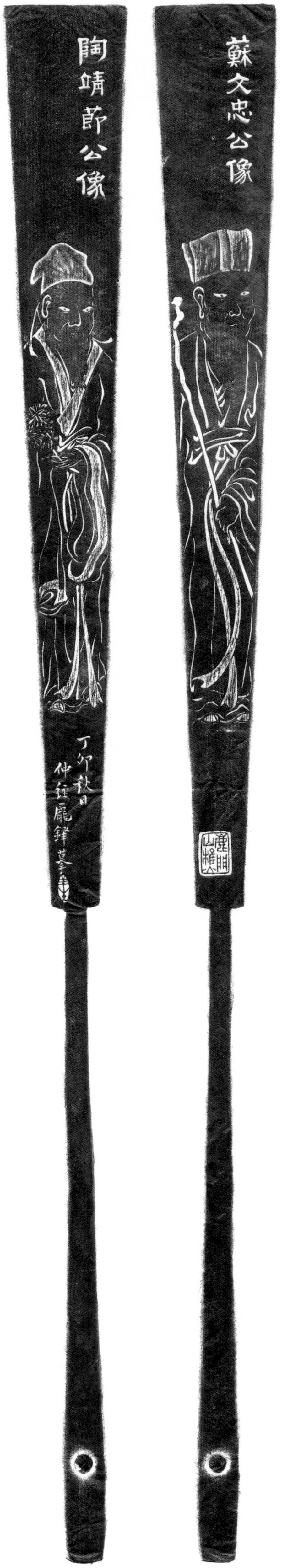
陶靖節公像
蘇文忠公像
丁卯秋日
仲經龐鋒摹

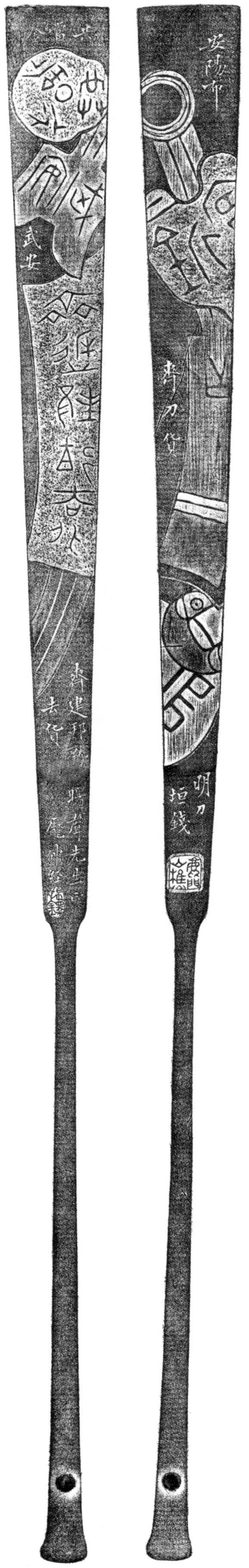
武安
安陽布
明刀
垣錢

舊院春風憶老鬘玉琹聲澈暮雲閒白頭庾信
腸堪斷黄葉江南一片山
戊辰秋日仲経

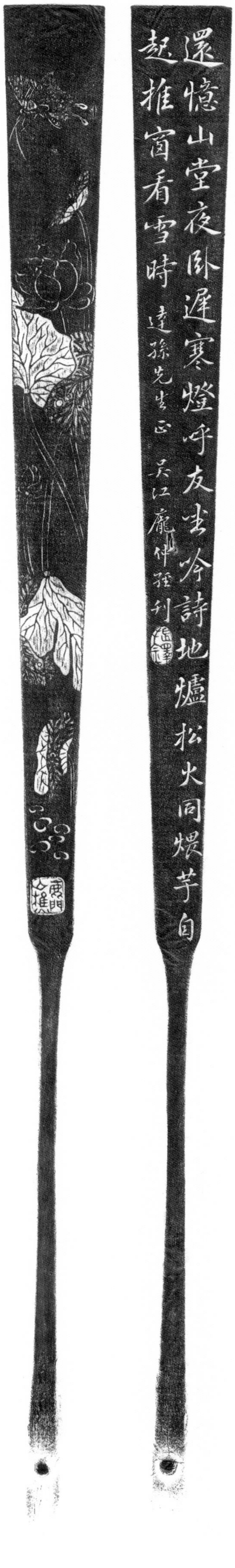
還憶山堂夜卧遲寒燈呼友坐吟詩地爐松火同煨芋自
起推窗看雪時
達孫先生正
吴江龐仲経刊

寧靜烝庶政與乾通輔主匡君循禮有常
仲經書石門頌

無量壽佛
壬午冬日方壺道人又作

柳岸晚風
仲文作

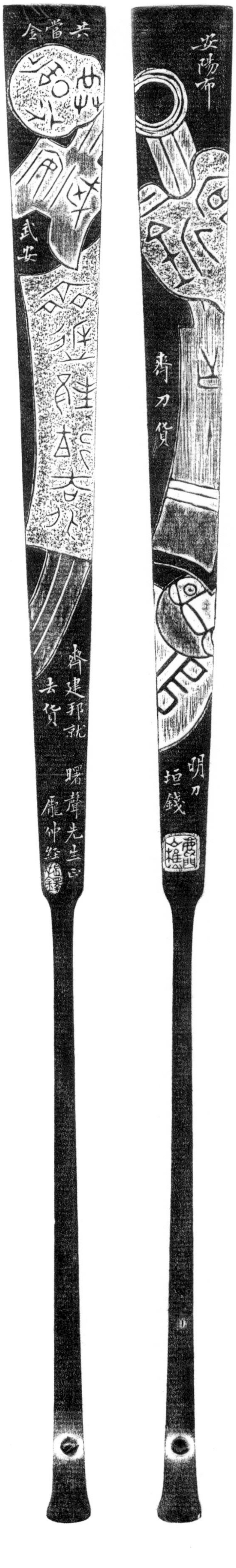
共當金
武安
齊建邦就去貨
曙聲先生正
龐仲经
安陽布
齊刀貨
明刀
垣錢

風枝露葉影殘春遲暮相逢似有因我是江南吳荼酒當
筵親見畫蘭人
癸亥秋日吳江仲经

渔人夜傍西岩宿晓汲清湘燃楚竹烟消日出不见人
款乃一声山水绿
戊辰新秋庞门山樵

游僊元只在人间一样天風响佩環却笑乘鸾太多事隔尘烟雾
看湖山能赋登高未易才云庭石室为君开五湖秋水明如镜照见
峰头玉女来
受宜先生属
吴江庞仲经

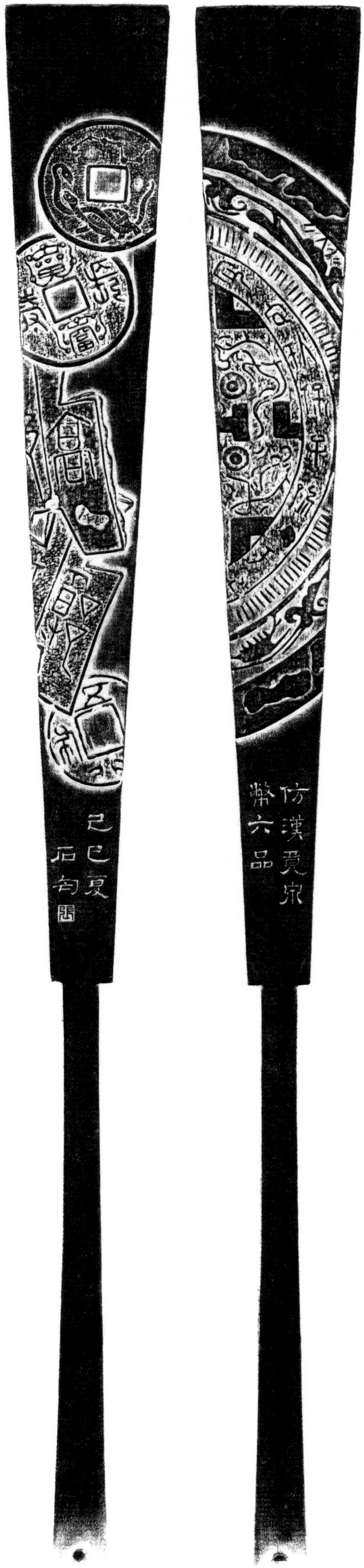

张石园（一八九八—一九五九）

一名克龢，别署石园居士，室名砚云山馆。江苏武进人，寓居沪上。工山水，师法四王，尤得力于王翚，用笔浑厚凝练，墨色秀润清丽。书法亦深具功力，擅长篆、隶、行、草，草书学怀素。亦能治印，直追秦汉，结字古朴，布局井然，尤喜以三代吉金文字入印。一九五六年为上海中国画院画师。出版有《张石园画册》《张石园山水画稿》《张石园山水画辑》，辑有自刻印谱《石园印存》。

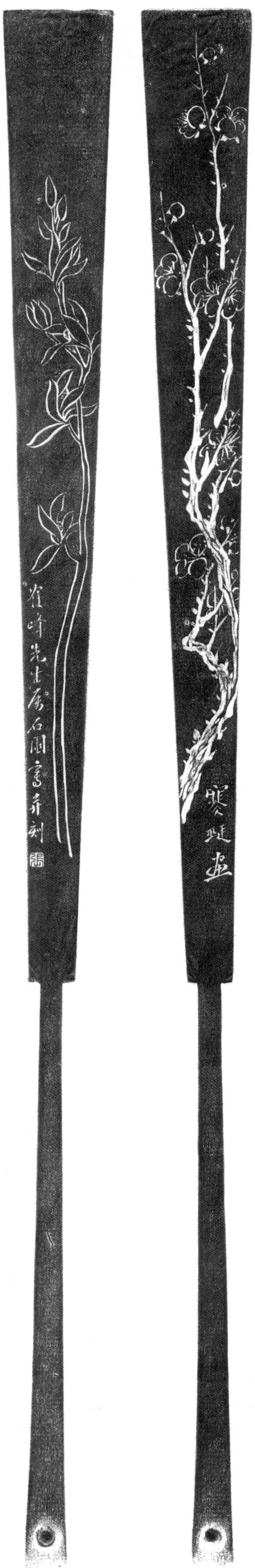

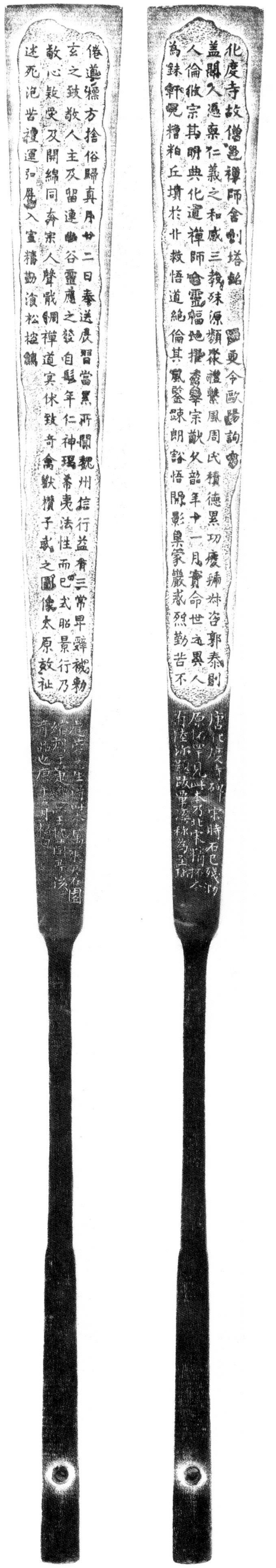
化度寺故僧邕禅师舍利塔铭

今春喜色满乾坤多买诗书教子孙富贵祝来何所遂
膺门依旧是龙门 廿湘集句
月满花香记得无春风送暖入屠苏呼卢院落净新
岁人数多于九老图
长玉斋石园刻

曹吉甫（一八九八—一九八五）

安徽歙县人。曾创办福生书局。

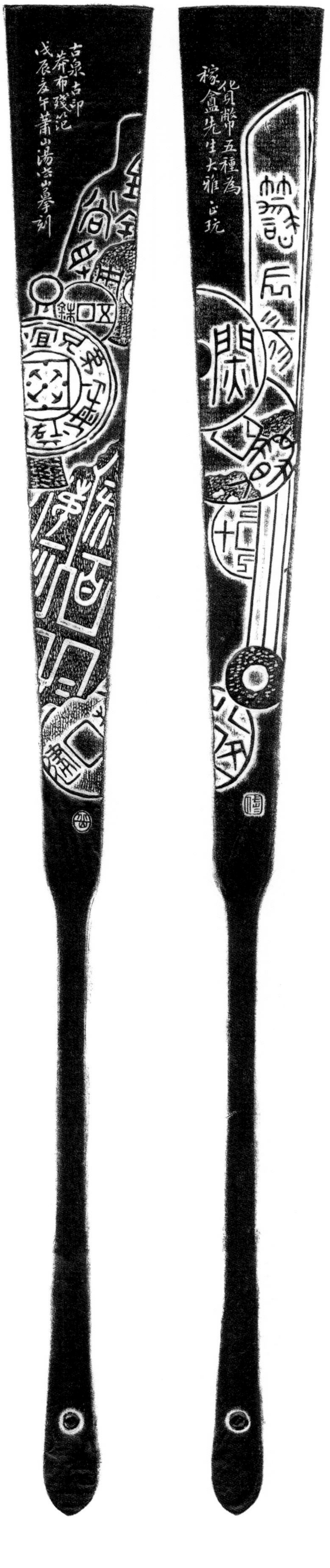

汤　岱（活动于民国期间）

字岱山，钱塘（今浙江杭州）人。工书画，花鸟远师任阜长，尤工小楷，精篆刻。亦擅刻竹，刀法工妙，遵汉朝刻碑之法，刻行书工稳秀美，且字底均铲平，是其特色。

柳溪垂釣
集周鼎銘六字
己巳春湯岱山書画并刻

乍晴乍雨杏花天帆帶斜陽柳帶烟正是客心愁怯晚
風檣尾燕翩ㄟ
甲戌二月湯岱山刻
鴻雁一聲秋色老蘆花千頃夕陽多

汤岱

集周彝銘六字
己巳春月湯岱山摹刻
公衍先生清賞

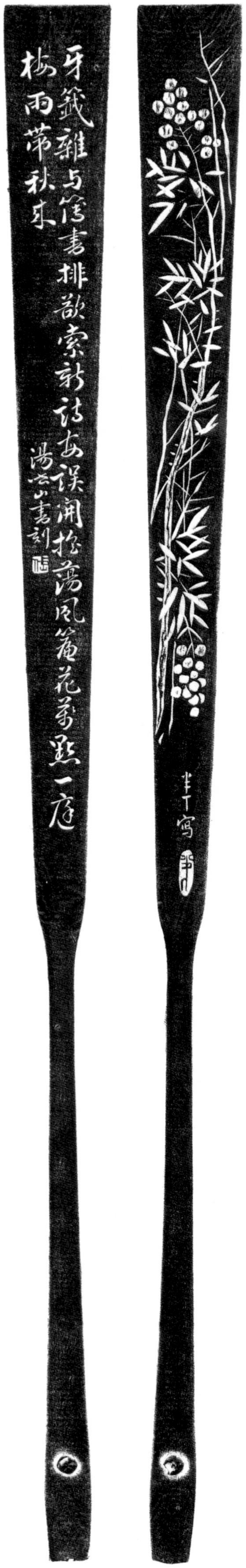
牙籤雜与簽書排欲索新詩安誤閑捲蕩風簾花影點一庭
梅雨帶秋來
湯岱山書刻
半丁寫

汤岱

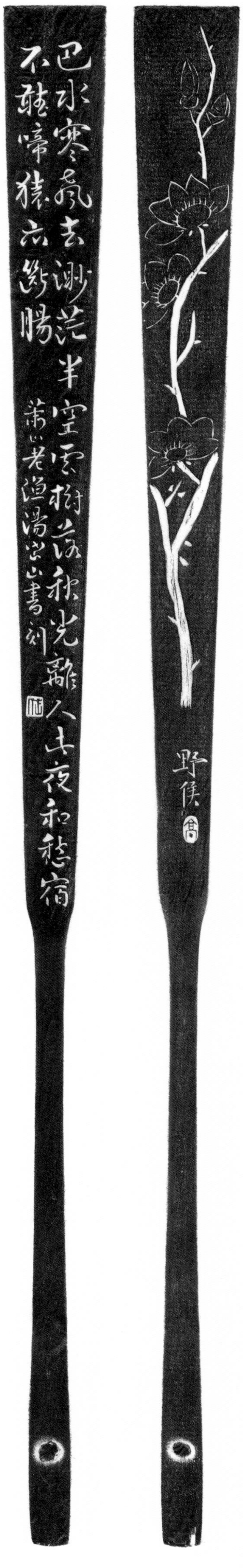

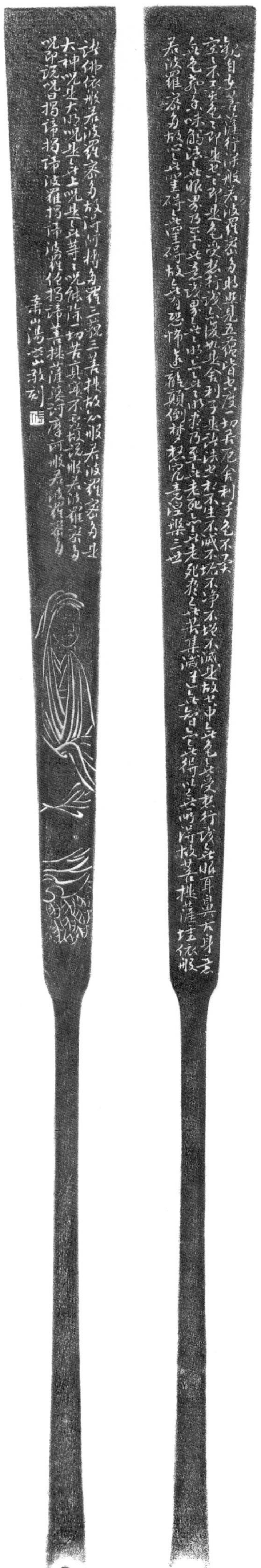

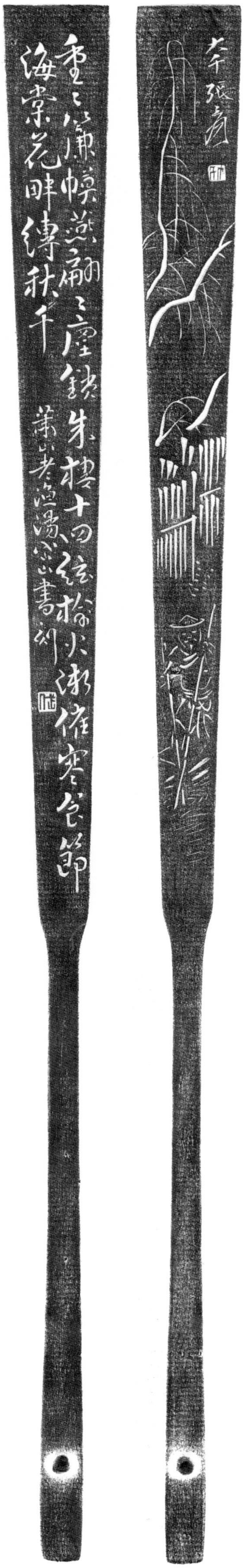

吴 炎（活动于民国期间）

字迪生，江都（今江苏扬州）人，客居北平多年。曾任北平印社社长。工书，善刻竹治印，亦善制印泥。擅将名人书画篆刻于扇骨之上。

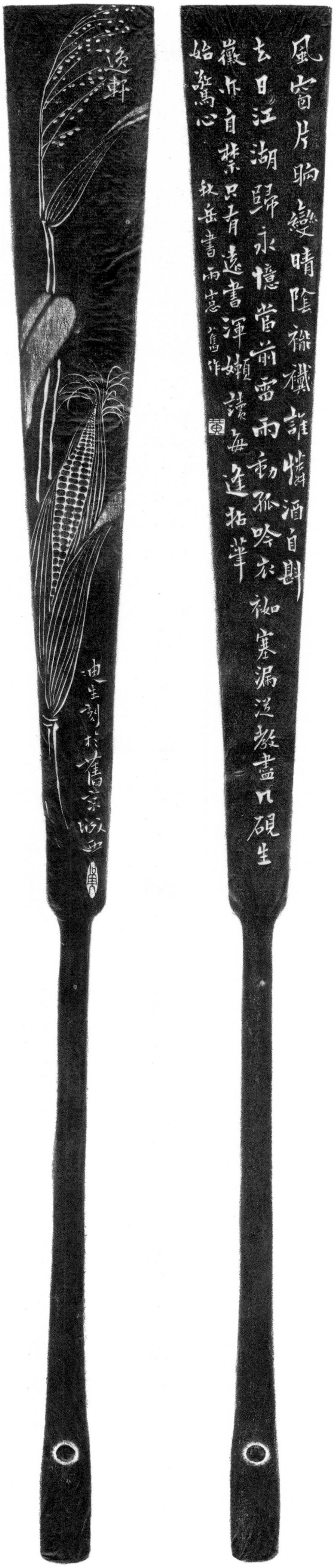

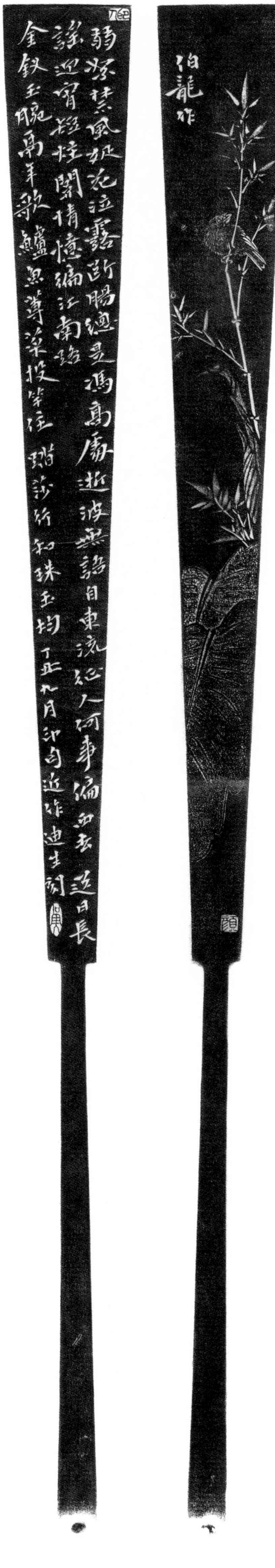
伯龍作

湖帆寫

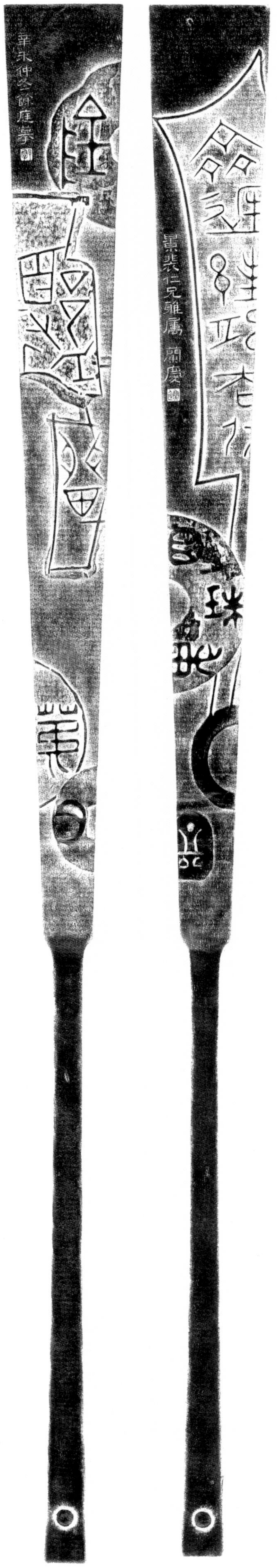

郭兰庆（一九〇〇—一九四六）

字余庭，号鱼庭。浙江秀水人，晚年客居沪上。郭似埙子。幼承家学，工画花卉、人物、仕女，走兽。善篆刻，尤能刻竹，精到工整。民国十六年（一九二七）加入上海的古欢今雨社。兄郭兰祥、郭兰枝，弟郭兰泽，皆能画。

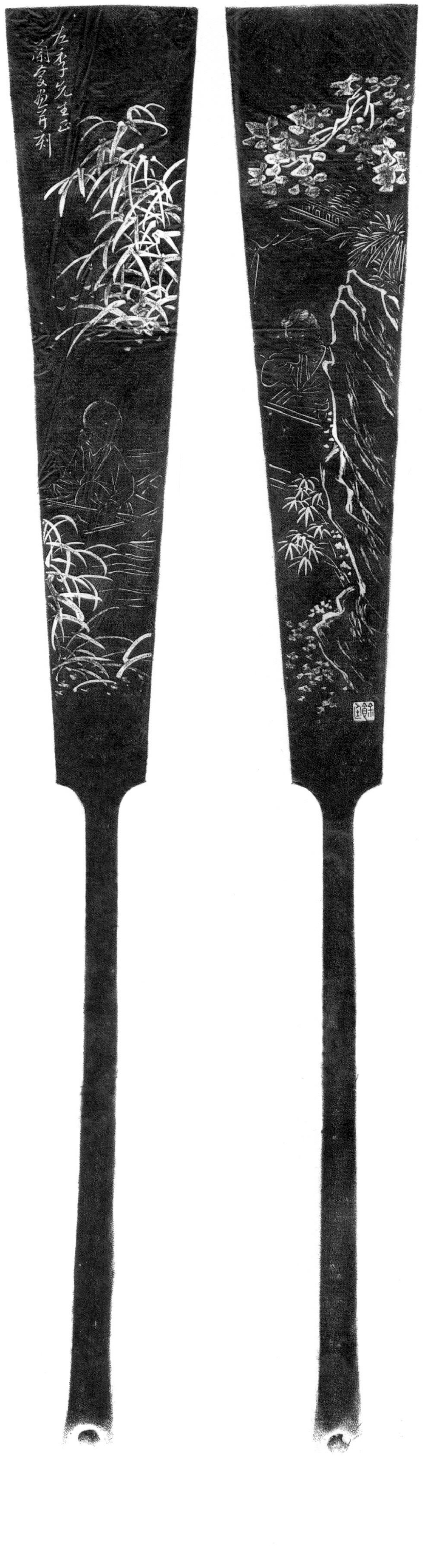
左季先生正
蘭慶畫并刻

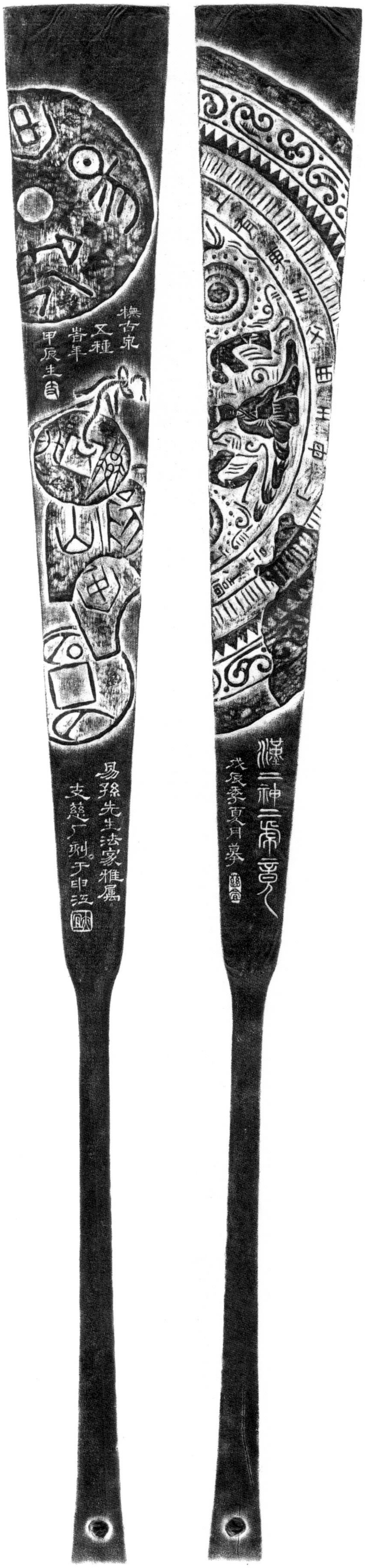

支谦（一九〇四—一九七四）

字慈庵，号南村，又号染香居士，室名染香馆、宜石斋。吴县（今江苏苏州）人，寄居上海。擅竹刻扇骨、臂搁，能吸取传世刻法技法。兼工花卉，颇具宋元笔意。亦工治印，师从赵叔孺。

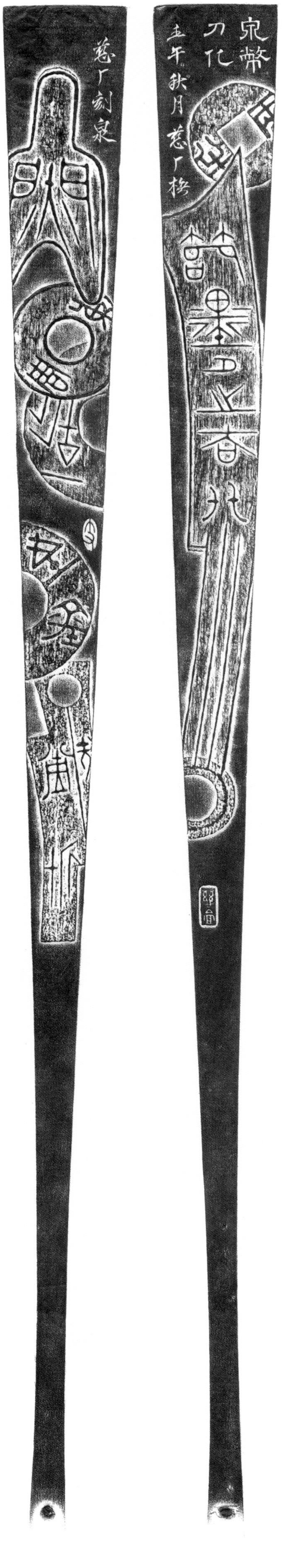

錢春風味

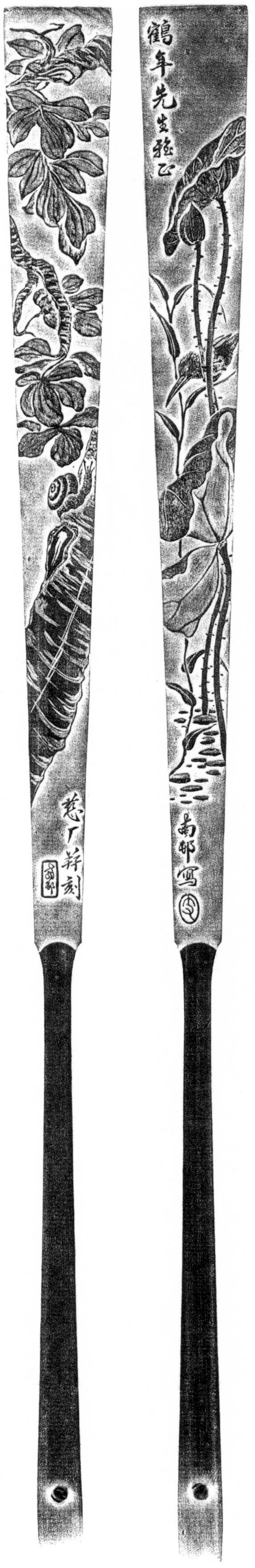
鹤年先生

南邨写
慈厂拜刻

田园风味
慈厂拜刻
南邨写意

書臣先生
丁丑清明節慈厂
野侯寫慈盦刻

南邨写

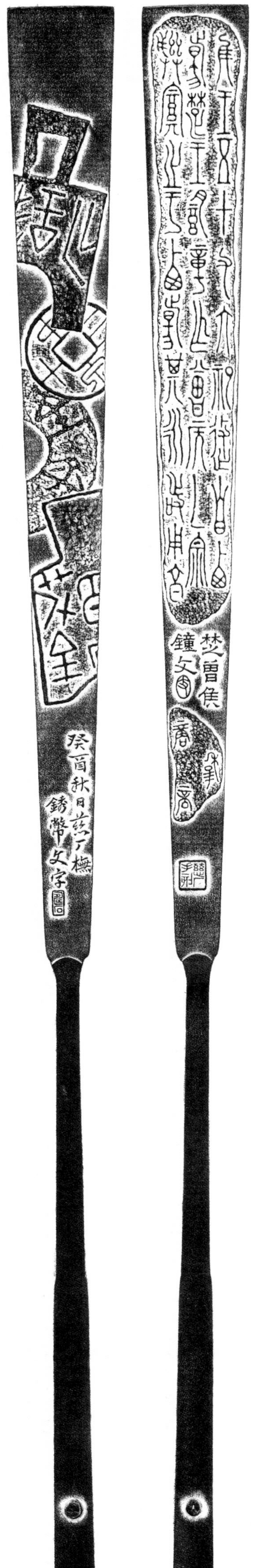
癸酉秋日慈厂橅
錡幣文字
梦曾仿
鐘文

一支 谦

迎風卷 下葑刻

子剛先生正之
南都寫

姝鳴一舟作體

茲盒刻

以為竹用在紙以為扇用
在指知彼知己天下事不
過尒尒

和卿仁兄屬 叶鳴書庚午夏月

映水
支慈广并刻
辛巳夏至
慈广画
子受先生雅教
明人彫竹摸拟绝伦
曾见三松製竹巧工神妙余师其法
仿于箑边丁丑十有二月慈广并记
年三依樣画葫蘆

支谦

慈厂写并刻
艷光盪日開朝錦霧影沈波隨晚霞
支慈廣
慈厂写

項緣簋文字
見窓齋集古録摹于箑邊
慈厂記并刻
孟姜簋文凡二十餘言
支南邨橅

慈厂刻

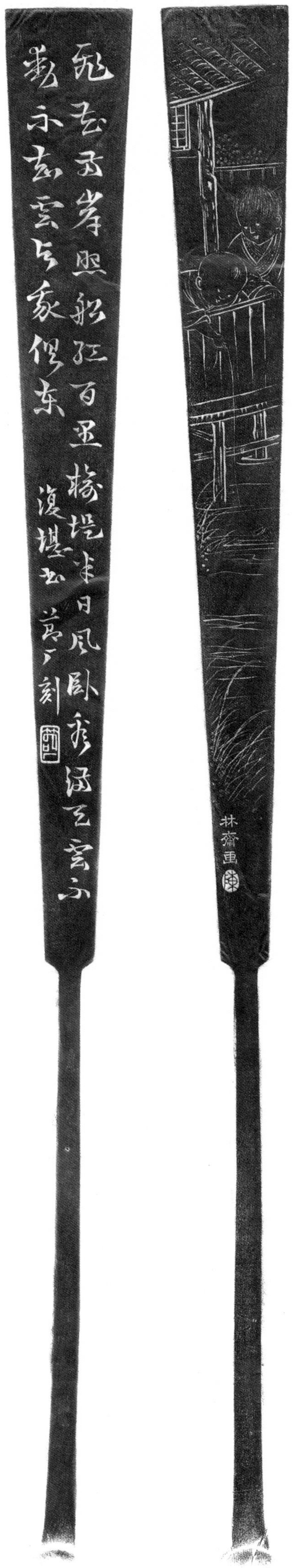
复堪书
慈厂刻
林斋画

映水
支慈厂并刻
辛巳夏至
慈厂画

支谦

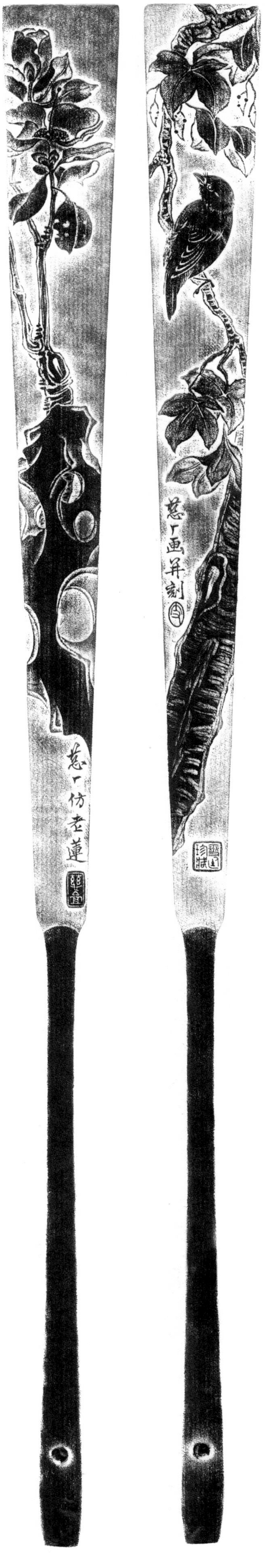

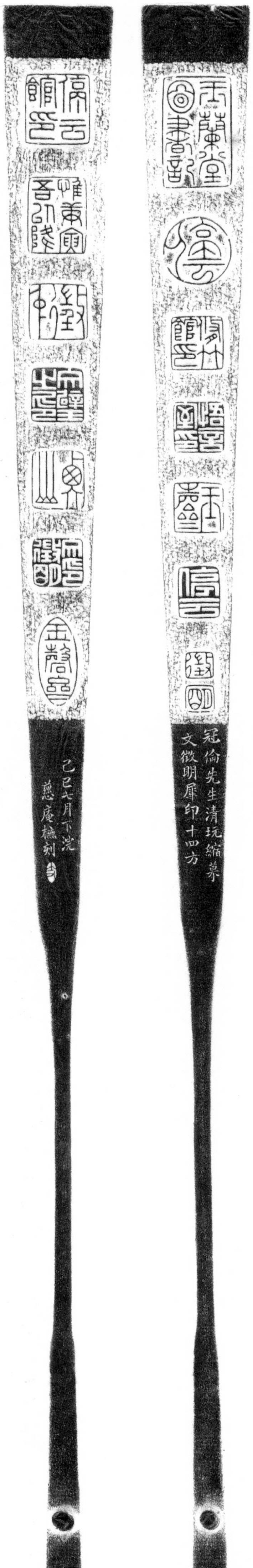

秋山斂餘照飛鳥逐前侶彩翠時分明夕嵐無處所
壬午首夏录唐人詩木蘭柴 支慈厂并刻
寒巖飛瀑圖
南帥寫

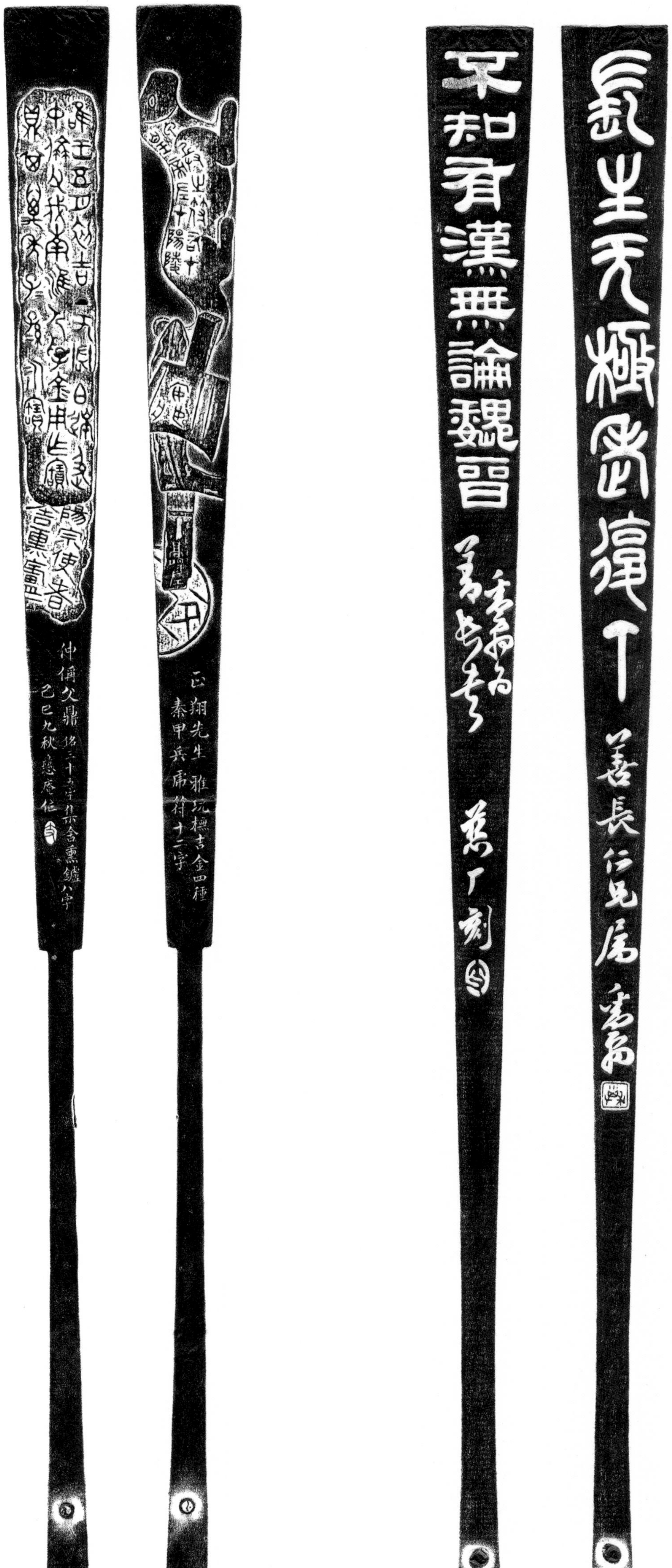
仲偁父鼎銘三十五字 集含熏鑪八字
乙巳九秋
秦甲兵符符十二字
不知有漢無論魏晉
善長仁兄屬

慈厂盦
南沙老人意
慈厂盦并刻
孔子見老子畫象載洪氏隸續
乾隆丙午冬錢唐黃易得此石
于嘉祥紫雲山敬移濟寧州學
摹漢石刻畫像并銘
原題 支慈厂記手刻
漢君車等字畫像
山東臨淄歸濰縣陳氏今在法都原有

春風嫋娜
湖帆作
倩厂作慈厂刻
漢畫像專
庚辰九秋慈厂支謙橅
金石

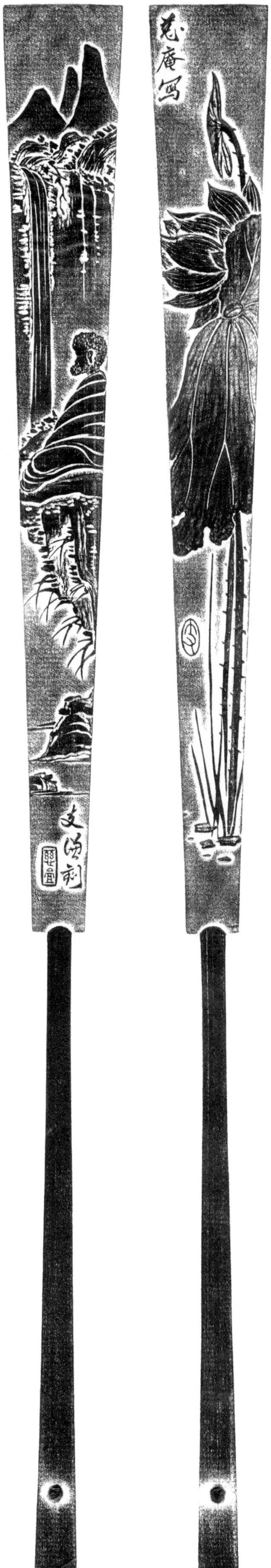

支谦

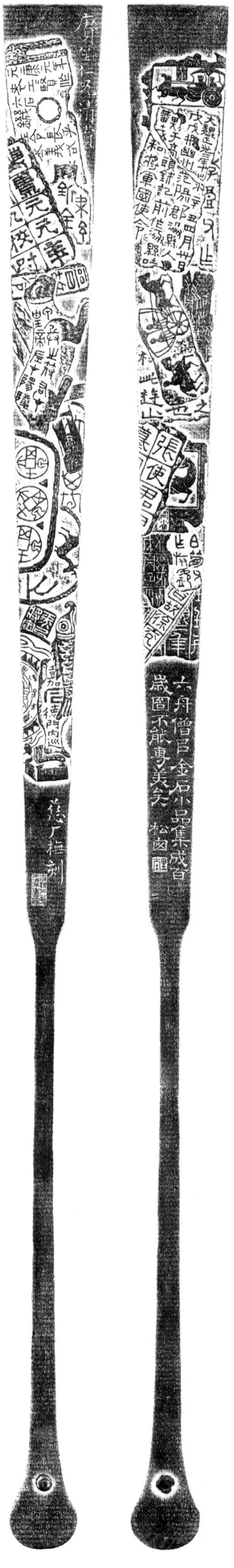

馮驩彈鋏

支谦

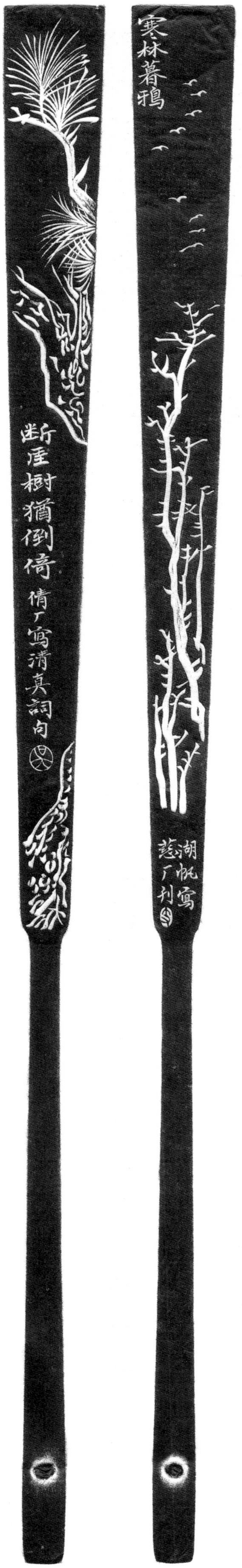

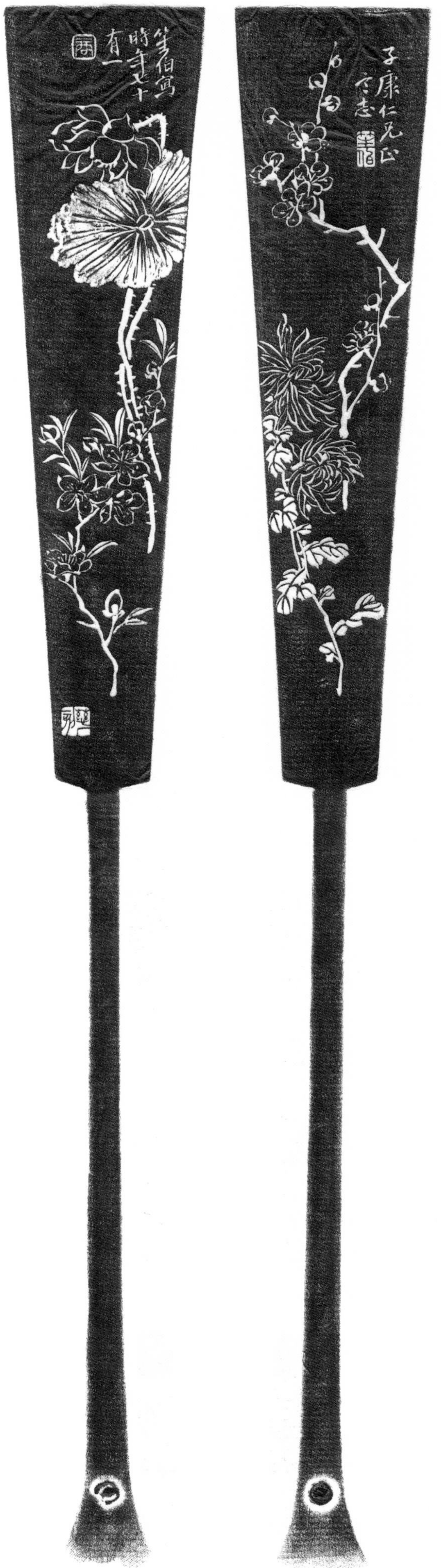

余仲嘉（一九〇八—一九四一）

原名衍猷，字仲嘉，后以字行，广东南海人。少即哑不能言，然聪慧绝伦。好学，父授以《说文》之学，能默写篆文无误。学刻印半年即精专，学黄牧甫颇能神似。坚卓老成，不尚修饰。又善刻竹。抗战期间，病殁香港。

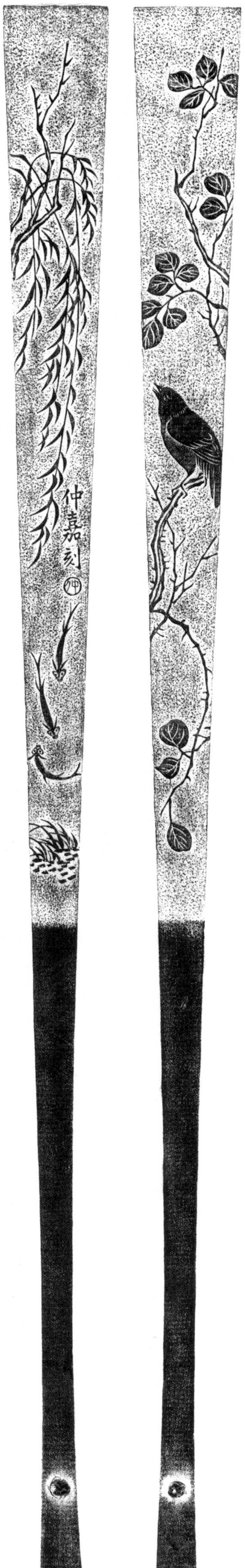

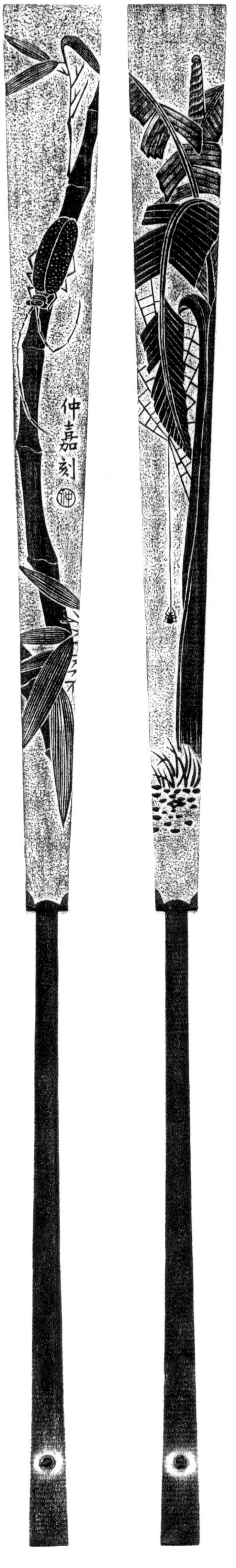
仲嘉刻

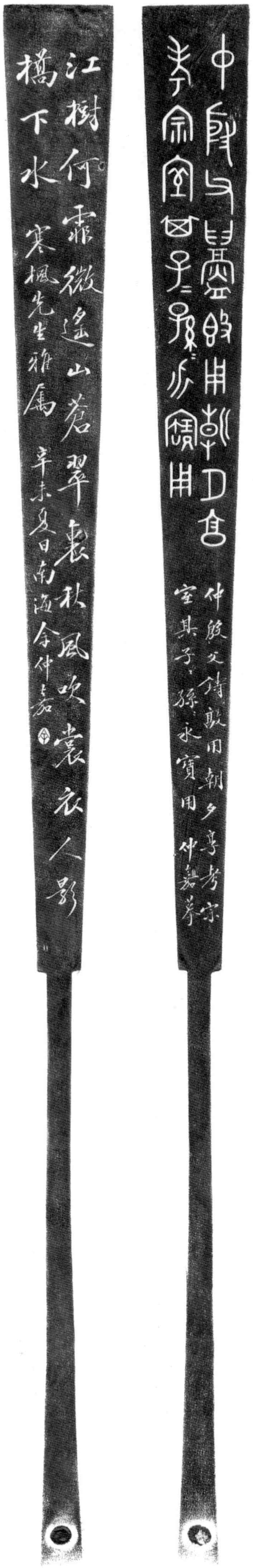
江樹何霏微遥山蒼翠裏秋風吹裳衣人影
樯下水
寒楓先生雅屬
辛未夏日南海余仲嘉

余仲嘉

花萼樓前初種時美人樓上鬬腰肢如今拋擲長街
裏露葉如啼欲恨誰
仲嘉刻

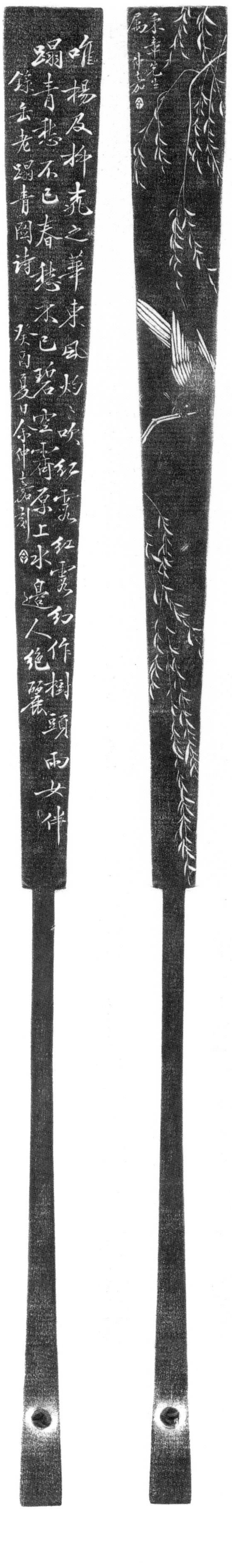
唯楊及柳亮之華東風灼灼吹紅雲紅雲幻作樹頭雨女伴
蹋青悲不已春悲不已碧空霄原上水邊人絕麗
錄金老蹋青圖詩
癸酉夏日余仲嘉刻
秉章先生屬
仲嘉

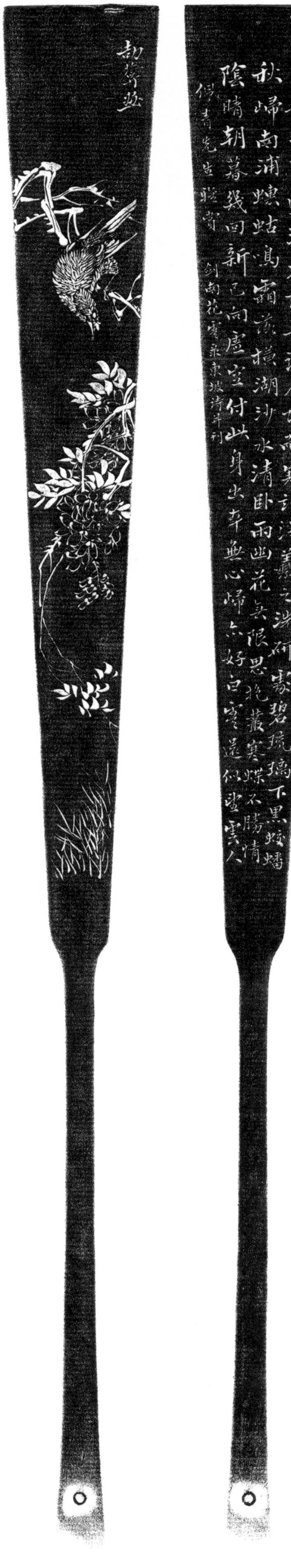

花 云（一九〇八—一九五七）

字剑南，后以字行。花润卿子，花元弟。幼承庭训，即喜书画篆刻，尤喜刻竹。一九三八年赴沪，与汪大铁、江寒汀、唐云、潘子云等友善。曾与友慈庵等四人举扇骨特展。

花 云

畢竟西湖六月中風光不與四時同接天蓮葉無窮碧映日荷花別樣紅
古春先生雅賞
劍南刻

水光一碧萬青天野渡花邨柳拂烟著個漁舟輕似葉
桃花紅到竹鷗邊
二十八年首夏
寓山花
劍南刻于滬上

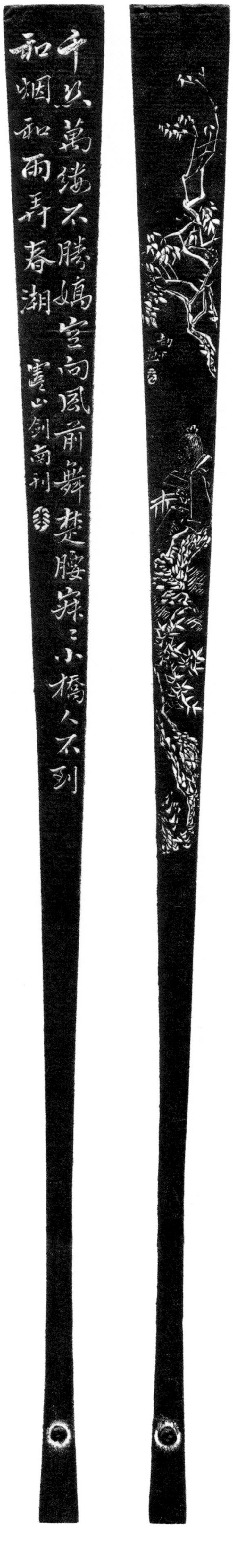

花　云

小廊茶熟已無烟折取寒花瘦可憐寂寂柴門秋水闊
亂鴉揉碎夕陽天
森元先生雅正
劍南刊

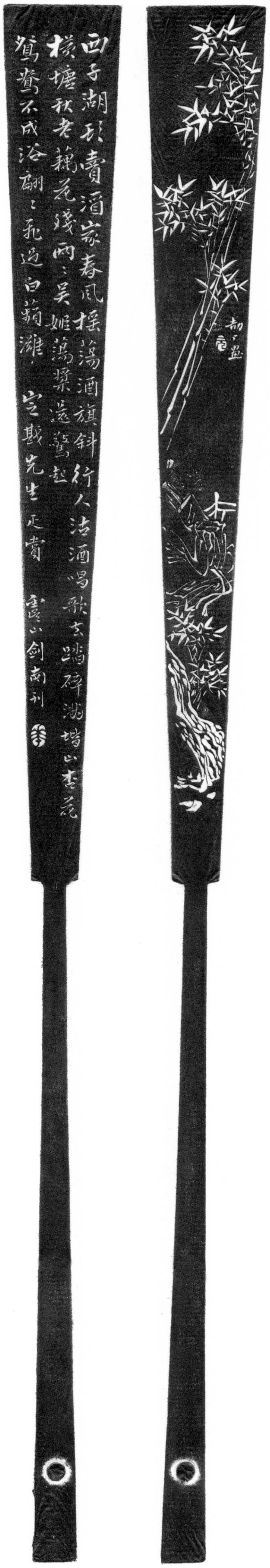
西子湖頭賣酒家春風搖蕩酒旗斜行人沽酒唱歌去踏碎滿堤山杏花
橫塘秋老藕花殘兩兩吳姬蕩槳還驚起鴛鴦不成浴翩翩飛過白蘋灘
劍南刊

应嫌屐齒印蒼苔十扣柴扉九不開春色滿園關不住一枝紅杏出牆來
壺山劍南刊
一點炊煙竹裏邨人家深閉雨中門數聲好鳥不知處千丈藤蘿古木昏
壺山劍南刊于海上

湖光山色映柴扉茅屋疏籬客到稀閒摘松花釀春酒旋栽荷葉製秋衣
雲山劍南刻于碧琅玕館

雨過高松磵路分瀑泉如向靜中聞翠微忽斷丹崖影吞吐層嵐是白雲
惲東園詩甲申春日劍南刊
迦盦寫

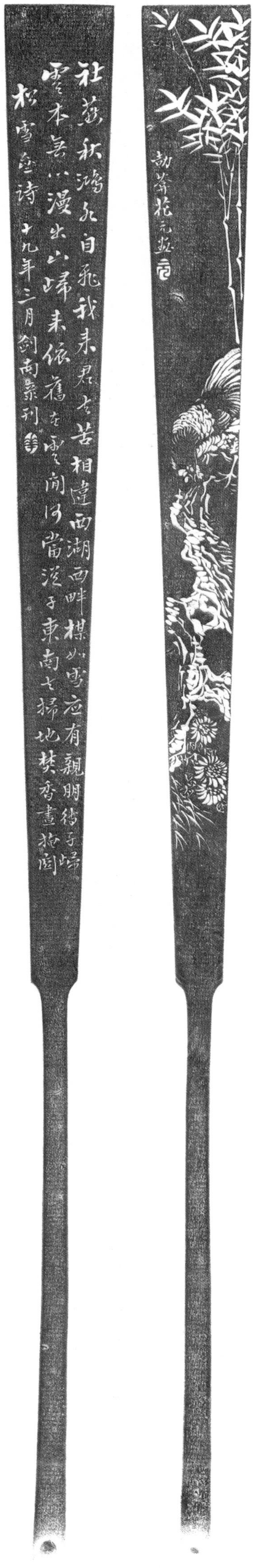
社燕秋鴻各自飛我來君去苦相違西湖西畔棲如雪應有親朋待子歸
雲本無心漫出山歸來依舊在雲間何當從子東南去掃地焚香晝掩關
松雪翁詩 十九年三月劍南兼刊
劫餘花元並

徐素白（一九〇九—一九七五）

字根泉，号晓钟。江苏武进人，寓居上海。精于刻竹，尤擅留青技法，与上海书画名家江寒汀、钱瘦铁、唐云、白蕉、邓散木、马公愚等均有合作，能传神地再现不同书画家的笔墨风格，被誉为当代留青雕刻之最。出版有《徐素白竹刻集》。

可方可圆其用不穷
甲申九月
素白刻

寒汀画素白刻
寒汀画晓钟刻

素白刻
寒汀画
癸巳夏撫金石小品
素白徐曉鍾刻于滬

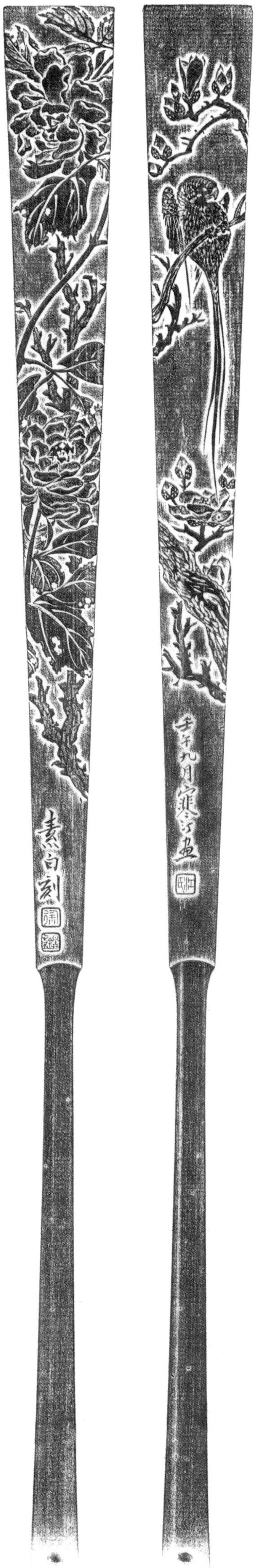
素白刻
壬午九月寒汀畫

卿與道宗誰已得多馬明當至故遺問
即報勒十四日
寒汀畫
素白刻

寒汀画
晓钟刻
寒汀画素白刻

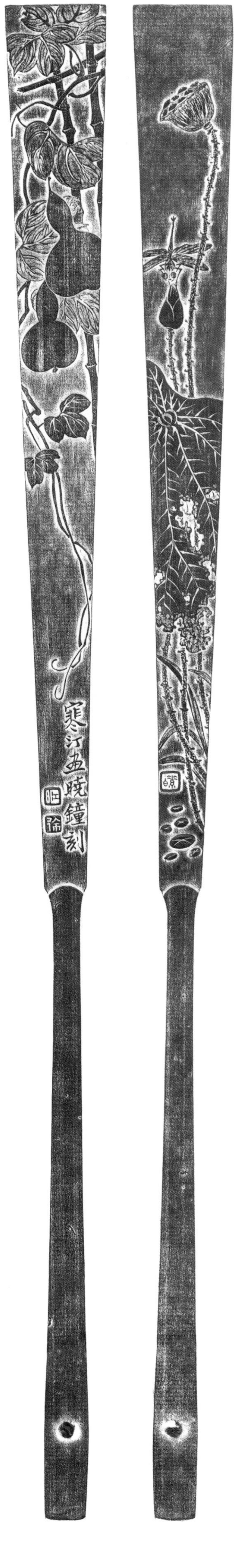
寒汀画晓鐘刻

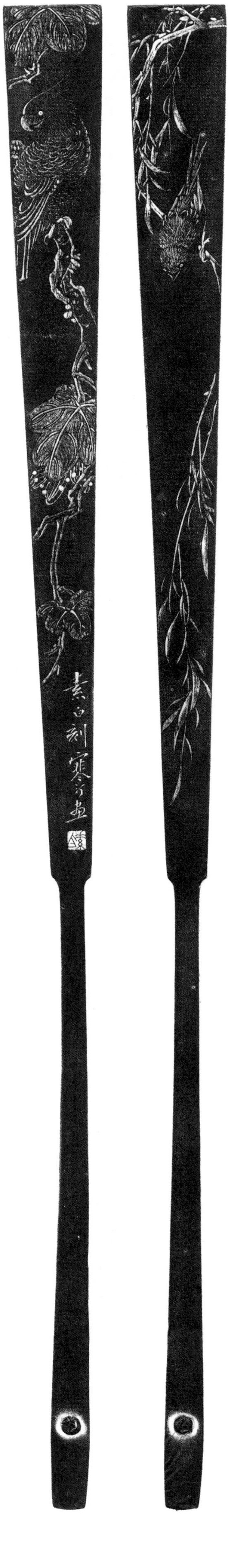
素白刻寒汀画

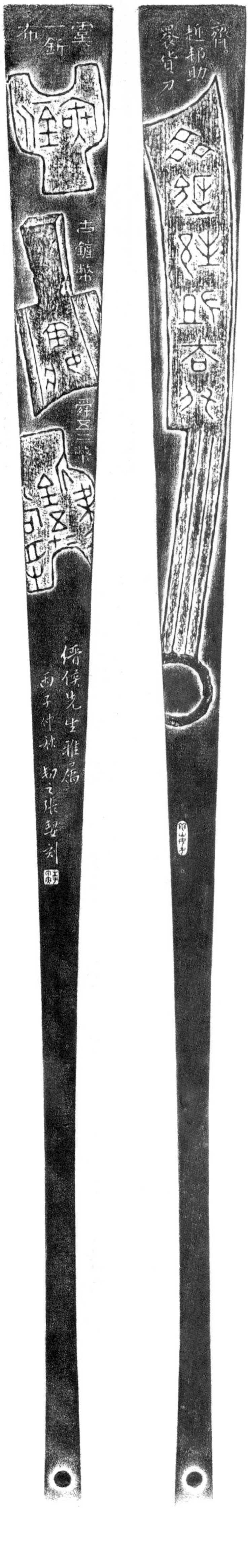

张契之（一九一三—？）

名始，号龙山女子，无锡人。其父张瑞芝和舅父支慈庵，都是近代著名的金石家、竹刻家。她与父亲、舅父均蜚声江南，人称『两把半刀』。

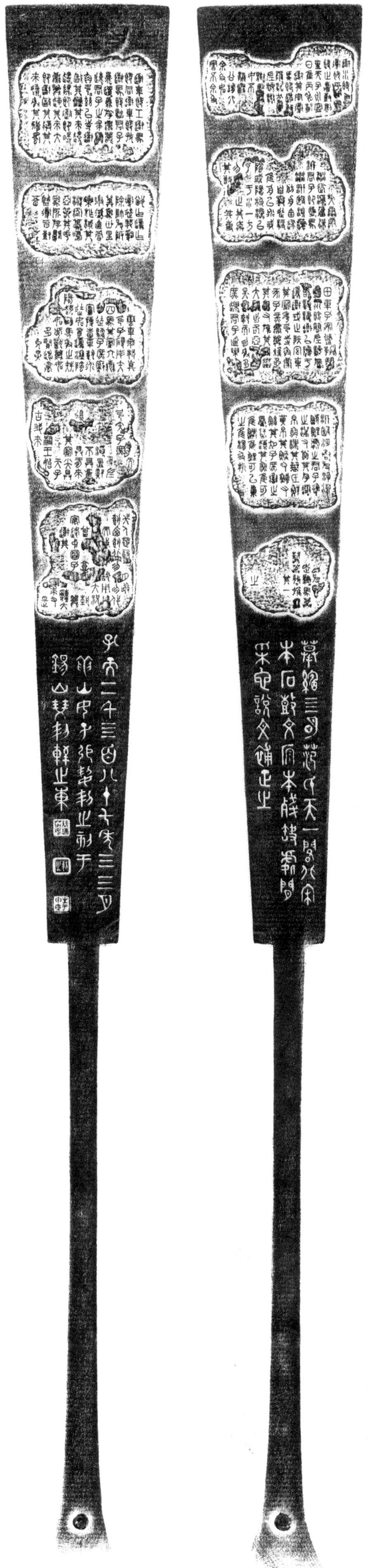

盛秉筠（活动于民国期间）

精刻竹，有具濮仲谦绝艺、承张希黄神工之誉。

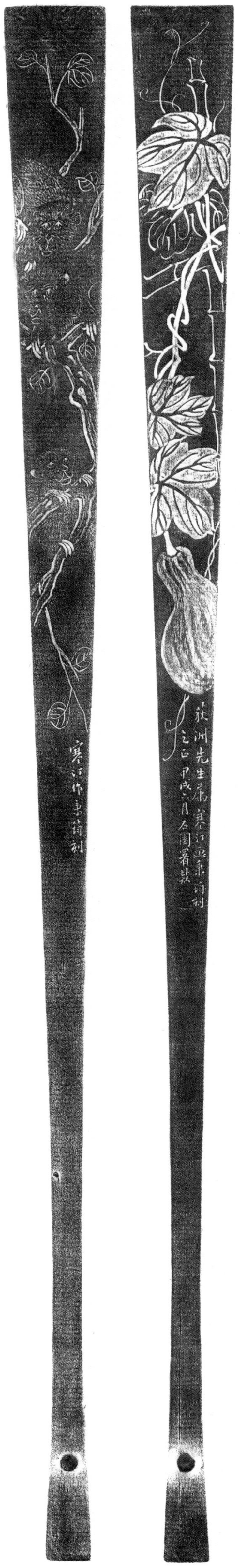

金孝章畫梅法
伯淵先生屬
吳湖帆画 盛秉筠刻
俯仰今古
湖帆画乙亥秋

秉筠刻
湛如
伯逸馬晉

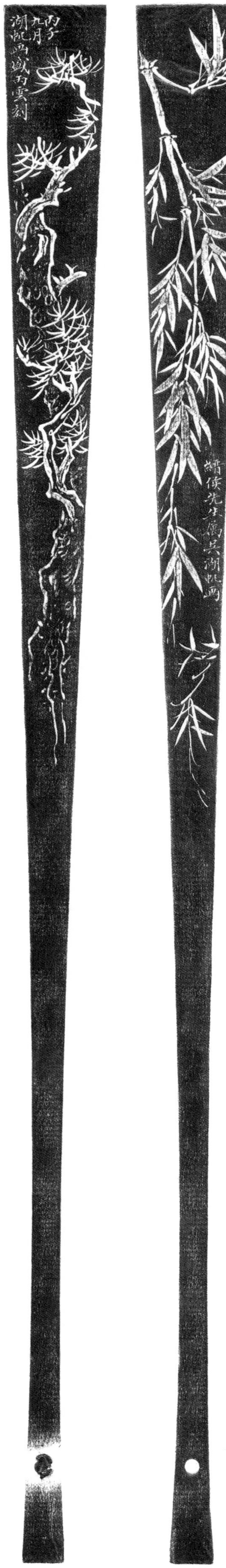
丙子九月
湖帆画 盛丙云刻
侯先生属 吴湖帆画

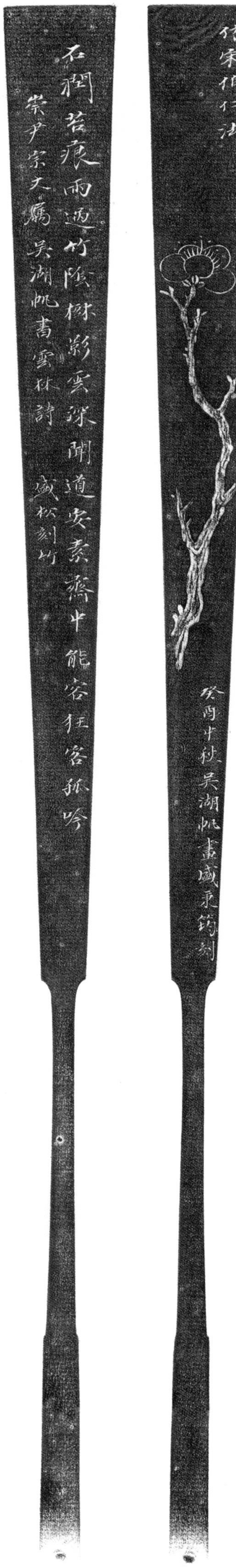
石润苔痕雨过竹阴树影云深开道安素斋中能容狂客孤吟
崇尹宗丈属 吴湖帆书云林诗
盛松刻竹
仿宋伯仁法
癸酉中秋 吴湖帆画 盛秉筠刻

金孝章画梅法
伯渊先生属
吴湖帆画
盛秉筠刻
俯仰今古
湖帆画乙亥秋

吴越金塗塔
甲戌五月吴湖帆題
盛秉筠刻
齊谷昜布
李元先生屬

吴湖帆画
盛秉筠刻
長卿先生屬
乙亥秋九月湖帆

漢尚方器
崇元先生正
定之篆刻屬湖帆題字
即墨刀布
癸酉七月

辛巳秋七月丙云刻
左良先生正之 寒汀画

此爵為萬益齋所藏魚係作器者之名
蘭孫先生屬摹即正之 秉筠刻并記
潘文勤公藏爵古文兕字也祖己乃祖廟之
第六器 甲戌夏日秉筠刻并記

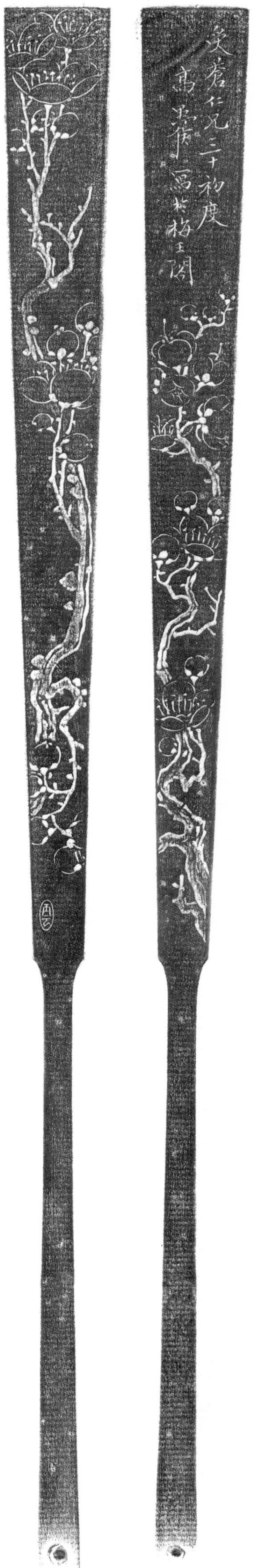
蒼仁兄二十初度
高野侯寫於梅王閣

寒江作秉筠刻
荻洲先生屬寒江画秉筠刻
之西 甲戌六月 石闇署款

沈觉初（一九一五—二〇〇八）

初名岩，后更名觉，字觉初，以字行，斋名容膝斋，浙江德清人，寓居上海。吴待秋入室弟子。善山水书法，又能刻印、刻壶和竹刻。山水宗四王，又以书画用笔刻竹扇骨、笔搁、竹木笔筒、砚板、砚盒等。与上海名画家多有合作，与唐云、来楚生过从甚密，刻紫砂壶，独创一致，为近世名手，名播海内外。

徐孝穆（一九一六—一九九九）

号穆翁，江苏吴江人，定居上海。柳亚子外孙。擅书法、绘画，癖金石，精竹刻追摹明代嘉定朱氏刻技，深研清代周芷岩刀法，专攻浅刻法，熔书法、绘画、雕刻于一炉，善于保持原作的笔墨特征。撰有《刻余随笔》《徐孝穆竹刻》。

周玉菁（一九二〇—二〇〇五）

初名德生，号立斋，江苏苏州人。周赤鹿子。刻竹师承吴门名家黄山泉。曾任职苏州工艺美术厂，凡印章、砖雕、木刻、竹刻无所不能，尤擅镌刻臂搁、扇骨。

傅式诏（？—？）

为白蕉一九四三年前后弟子，富收藏，尤好印谱，精竹刻。

唐云画
白蕉书
式诏刻

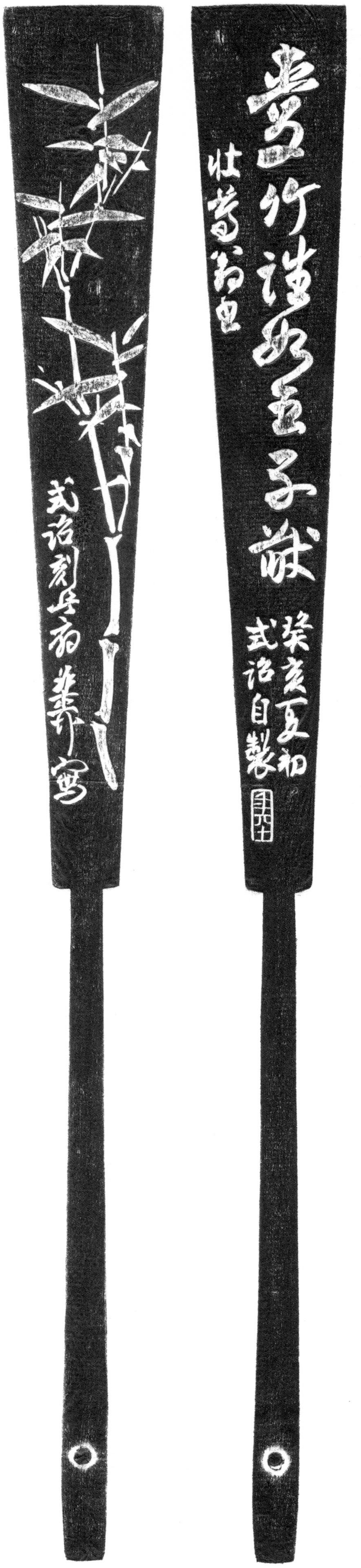
癸亥夏初
式诏自製

王宏耀（活动于民国期间）

号竹庵。北京人。为张志鱼首席弟子。擅刻扇骨。

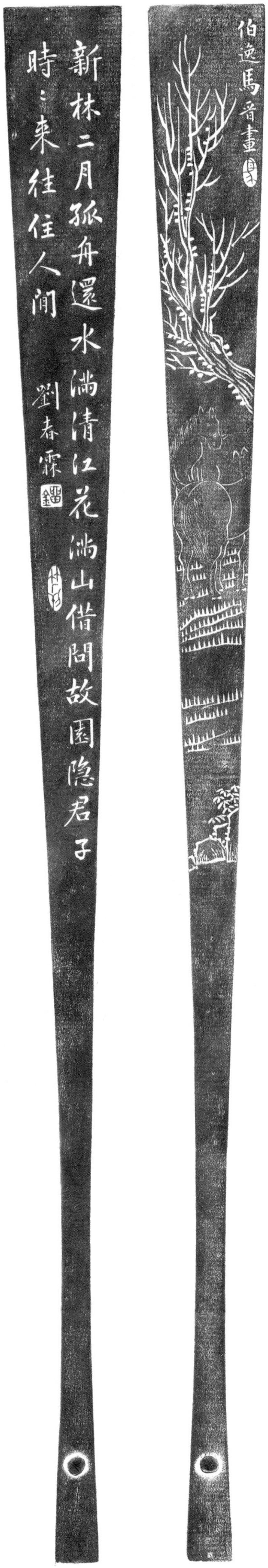
新林二月孤舟還水滿清江花滿山借問故園隱君子
時ミ来往住人間
劉春霖
伯逸馬晋畫

赵德桢（？—二〇〇六）

二十世纪三四十年代师从张家秀，六十年代初在南京工艺美术公司所属工艺美术研究所从事竹刻艺术创作。一九八五年至二〇〇一年间在市工艺美术大楼外宾部设立工作室从事竹刻艺术。

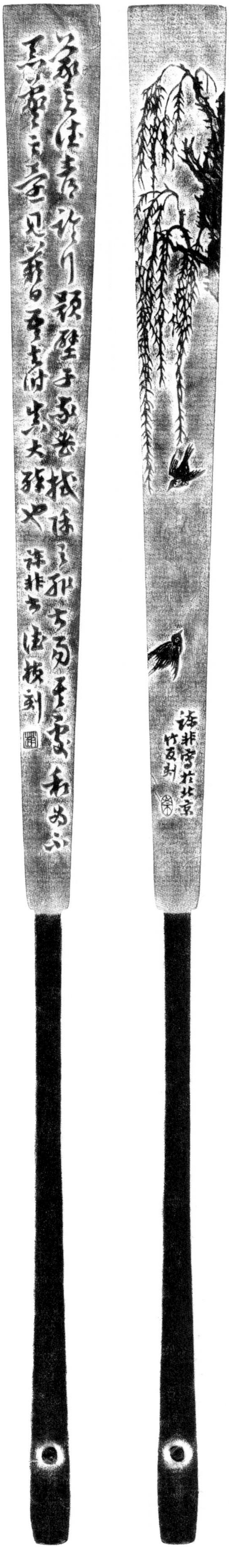

沈汾玉（？—？）

生平里籍不详。

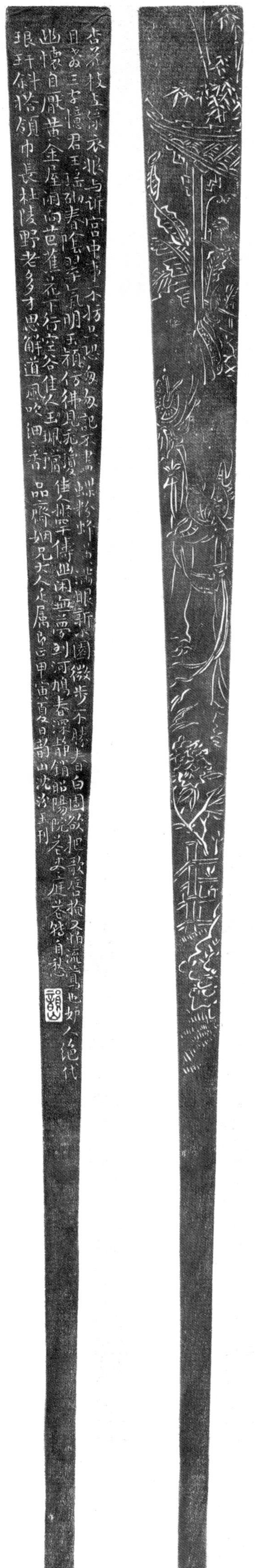

徐翰（?—?）

生平里籍不详。

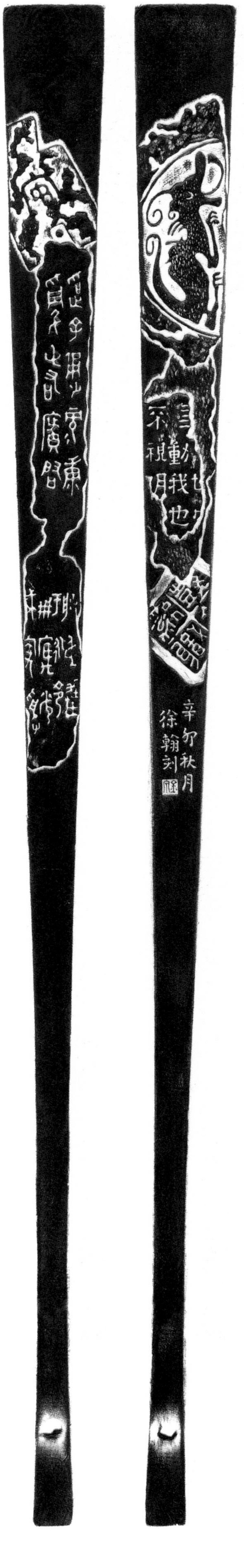

刘梦云（？—？）

生平里籍不详。

余纵甫（？—？）

生平里籍不详。

周公鼎（？—？）

生平里籍不详。

竹君（？—？）

生平里籍不详。

竹君刻
雲卿先生正之
寒汀画

竹君

图书在版编目(CIP)数据
箑边珍拓：名家竹刻扇骨拓片集 / 许勇翔编著. --
上海：上海书画出版社, 2021.9
ISBN 978-7-5479-2712-0
Ⅰ.①箑… Ⅱ.①许… Ⅲ.①竹刻—作品集—中国—
现代 Ⅳ.①J325
中国版本图书馆CIP数据核字(2021)第171745号

箑边珍拓：名家竹刻扇骨拓片集

许勇翔　编著

责任编辑　王　彬
审　　读　雍　琦
装帧设计　汪　超　王贝妮
图文制作　包卫刚
技术编辑　包赛明

出版发行　上海世纪出版集团
　　　　　上海书画出版社
地　　址　上海市延安西路593号　200050
网　　址　www.ewen.co
　　　　　www.shshuhua.com
E-mail　shcpph@163.com
设计制作　上海维翰艺术设计有限公司
印　　刷　浙江海虹彩色印务有限公司
经　　销　各地新华书店
开　　本　787×1092　1/8
印　　张　37.5
版　　次　2021年9月第1版　2021年9月第1次印刷

书　　号　ISBN 978-7-5479-2712-0
定　　价　1200.00元